三国的人生智慧课

李文庠　马宁　编著

中国纺织出版社

内 容 提 要

《三国演义》是一部什么样的书呢？与其说它是一部长篇历史小说，不如说它是一部史书、兵书、人生之书，或者说，它是一部智慧之书。读《三国演义》，重要的是挖掘其中的大谋略、大智慧，这种智慧并非就事论事，而是通过对三国原著的许多故事分析、综合、升华而成。本书深入品读《三国演义》中的人生智慧，语言生动、见解独特。如果你是一个热爱智慧的人，那么请赶快开始三国人生智慧的探索之旅吧。

图书在版编目（CIP）数据

三国的人生智慧课 / 李文庠，马宁编著. —北京：中国纺织出版社，2016.3 （2024.1重印）

ISBN 978-7-5180-2218-2

Ⅰ.①三… Ⅱ.①李… ②马… Ⅲ.①《三国演义》—谋略—研究 Ⅳ.①I207.413

中国版本图书馆CIP数据核字（2015）第295539号

策划编辑：郝珊珊　　特约编辑：张永佳　　责任印制：储志伟

中国纺织出版社出版发行

地址：北京市朝阳区百子湾东里A407号楼　邮政编码：100124

销售电话：010—67004422　传真：010—87155801

http：//www.c-textilep.com

E-mail：faxing@c-textilep.com

中国纺织出版社天猫旗舰店

官方微博http://weibo.com/2119887771

北京兰星球彩色印刷有限公司印刷　　各地新华书店经销

2016年3月第1版　2024年1月第3次印刷

开本：710×1000　1/16　印张：16.25

字数：148千字　定价：49.80元

前 言

《三国演义》是一部什么样的书呢？

《三国演义》是史书、兵书、商书、人生之书。

《三国演义》的故事取材于东汉末年和魏、蜀、吴三国的历史。故事起于黄巾起义，进而引出了魏、蜀、吴三国在政治、军事、外交上的激烈斗争，一直到西晋为止。

与其说《三国演义》是一部长篇历史小说，还不如说它是一部兵书。罗贯中将古代的许多军事家、战略家的攻城掠地、伏险设防、远交近攻、合纵连横、迂回进退的韬略，融于波澜壮阔的百年历史画卷之中。据说，明清两代农民起义军的将领李自成、张献忠、洪秀全等皆以《三国演义》的战案为埋伏攻袭的秘诀，往往行之有效，《三国演义》是他们指导作战的“玉帐唯一之秘本”。

商战与兵战有许多相似之处，只凭吕布那样的匹夫之勇不但难以胜敌，而且会连连败北。《三国演义》中的运筹帷幄、知己知彼、战略战术、选择战机，在商战中的决策、思维、计划、目标、用人、管理、经营、谈判、公关中不但得到应用，而且得到了发扬。把《三国演义》的谋略思想、管理方法、人品风格引入现代经营管理，是极为有益的。日本著名企业家松下幸之助一生酷爱《三国演义》，他尤其崇尚诸葛亮的人品与风格，对诸葛亮的战略思想有独到的研究。松下幸之助的经营之道，与《三国演义》大有关系。日本许多大企业在培训管理人员时，要求受训者必读《三国演义》，许多日本的企业家认为《三国演义》是他们的成功指南之一。

《三国演义》更是一部智慧之书，不仅显出打仗的智慧，而且包含了经商的智慧、人生的智慧。

《三国演义》中有小权谋，也有大智慧。诸如用谋施计，识谋破计之类当属小权谋，如一气周瑜的兵贵神速之谋，二气周瑜的公关之谋，三气周瑜的将计就计之谋，钟会伐蜀的一箭双雕之谋，陆逊假意恭关公的笑里藏刀之谋等，这些小权谋在书中极为明显，处处可见，但它们大多是一些思维技巧，难以统领人生，所以才称之为小权谋。

读《三国演义》，最重要的是挖掘其中的大智慧，这种大智慧并非就事论事，而是经过对许多故事分析、综合、凝炼、升华而成。这种大智慧才是真正的人生大智慧、大觉悟、大道理。

《三国演义》显出的大智慧，归纳如下：

其一，选择比努力更重要。

《三国演义》中的众多人物都面临着选择问题。诸葛亮和陈宫都在选择职场，他们都很努力，但最终的效果大不相同。诸葛亮选对了职场，愈走愈顺，充分发挥了自己的才能；陈宫选错了职场，路愈走愈窄，最后走不通了。众多“三国”人物在选择这个问题上有正、反两方面的经验、教训。通过这些经验、教训，《三国演义》的大智慧告诉我们：“天道酬勤”是国人的信条，可是在现实生活中，许多人的勤奋并未换来成功，好心并未换来好报。究其原因，没能作出正确的选择是无法回避的因素。成就事业不但需要努力，还需要正确的选择：选择做事的方向，选择做事的观念，选择做事的方法，选择做事的心态，选择做事的“天时、地利、人和”。要遵循一定的选择原则和方法技巧，要用理智和思维选择，而不能“跟着感觉走”或“唯众从众”。

其二，情商比智商更有效。

一部《三国演义》，因不能控制感情而暴怒身亡的人物有许多位，给后人留下警示。一位是江东的孙策，人称小霸王，他只活了26岁。其实孙策正值青春年华，本不该命绝，就是因为少年气盛，易冲动又不会控制，终酿恶果。一位是周瑜。周瑜死于心胸狭窄，嫉妒心太强，又不能忍耐。诸葛亮抓住了周瑜的情绪弱点，“三气”周瑜。孙策、周瑜，其事业如日中天，命都没了，何谈事业。还有一位王朗，那么大的岁数了，竟不“耳顺”，死于羞恼，活活地被诸葛亮骂死。王朗之死，纯系心理素质太差，用现代语言将就是情商太低，而诸葛亮就是针对其心理特点，一击而中。还有两位，刘备和张飞，也因控制不住情绪而亡。

上述《三国演义》几位人物之死，说明了一个小问题，欲成事业，欲有出路，仅仅凭高智商、高能力是不够的，还要看是否有较高的意志力、控制力，是否与别人和睦相处，是否有良好的人际关系。

其三，忍耐比恃强更强大。

古往今来，忍者无敌的例子数不胜数。勾践忍辱负重，终于雪耻；蔺相如忍受廉颇的非难，传下将相和的美名；韩信忍胯下之辱，张良忍老人之傲，二人在汉初三杰中占了其二；刘邦在项羽面前一忍再忍，最后战胜了项羽；《三国演义》中的刘备在战略上是忍让的高手。自桃园三结义后，刘备一直寄人篱下。先后跟随刘焉、卢植、公孙瓒、陶谦、吕布、曹操、袁绍、刘表，一直在“忍”。暂时的委曲求全，是为了渡过当时的逆境，是为了光明的未来。刘备忍受了孔明之“傲”，三顾茅庐，终以三分天下称王立业。东吴陆逊以忍的力量破了刘备的七十万大军。大凡有所成就、有所作为的人，忍耐都是他们一生的座右铭。忍者成金，忍者无敌。

其四，思维比知识更给力。

知识就是力量，但是若不用于实践，不用它做事，知识变不成力量。诸葛亮有知识，张昭也有知识。诸葛亮用知识借来曹操箭，借来东南风，造出木牛流马，发明了连弩法；张昭用知识谈天说地，天下事无一不晓，但他不去运用所学知识做一件事。知识不应束之高阁，运用才有力量。

诸葛亮运用《孙子兵法》领兵打仗，马谡也运用《孙子兵法》领兵打仗。诸葛亮运用知识能打胜仗；马谡用同一种知识，却失了街亭，犯下大罪。所以，正确运用知识才是力量。

怎么样才能正确运用知识呢？有怎样的思维能力，就有怎样正确运用知识的水平。诸葛亮是创造型思维，马谡是僵化型思维，二人思维水平不同，一到实际战场上高下立分。归根结底，思维比知识更有力量。

其五，适度比过度更如愿。

《三国演义》里有许多“过度”的人和事：诸葛亮的征战过度、包揽过度、劳累过度，刘备的固执过度，张飞、王朗、周瑜、孙策、曹真的嗔怒过度，杨修的小聪明过度，典韦、淳于琼的贪酒过度。这些“过度”，要么使这些人物丧命，要么使他们败业。

人的一生中犯得最多且最容易犯的错误就是过度，不要以为多干就好，一旦过度了、过火了便会弄巧成拙。所以，古人有“四不可”的教诲：势不可使尽，福不可享尽，便宜不可占尽，聪明不可用尽。倘若将“四不可”变成“四可”，就过度了、过火了，就会犯错误。列宁说过：“只要再多走一步，仿佛是向同一个方向迈的一小步，真理就会变成错误。”许多人为什么犯错误，就是因为多走了一小步。所以造词的先人把“过”与“失”、“错”连在一起，过失，一过就失；过错，一过就错。

《三国演义》中许多人物的前车之鉴警示我们，许多情况下，我们犯的错误，并非不干或干得少，而是干得太多、太快，心太急，走得太远，偏离了“度”。不足，尚可弥补；过了，再回来就难了。凡事都须把握住“度”才好，因为“伟大变为可笑只有一步”。

一些人是好心人，也非常努力，十分敬业，总想多干一点，干快点，但一旦过了度，不但不能如愿，反而酿成大错，离初衷愈来愈远。

其六，人格比权势更有气场。

汉末，群雄割据，但最后成事者仅有曹操、刘备、孙权三人，这是因为他们的人格力量助他们成功。人格具有感召力量，刘备很长时间都是倒霉的时候，但手下人仍死死地跟着他。人格是一面旗帜，人格是人的形象。

人格具有公关力量。关云长单刀赴会，孔明赴江吊周郎，有惊无险，靠什么？人格的力量。

许多企业家拼命学习计谋，从《孙子兵法》《三国演义》中汲取谋略知识。其实小胜靠智谋，大胜靠人格。企业靠文化的力量统合人心，如果人格力量不够，那么文化张力就不够。统合人心要靠人格的力量。做企业的失败，其实是做人的失败。

《三国演义》中还有许多人生大智慧，在此不再一一列举。相信读者在读《三国演义》时能够挖掘更多的智慧。所谓品读《三国》，不只是品读书中的字句，更是品读其中的人生大智慧。

《三国演义》是永恒之书，因为它表现了人类精神与智慧的某些永恒内涵。

本书由河南工业大学李文库、马宁编著。

编著者

2015年12月

目 录

第一章 选择比努力更重要

第二章 情商比智商更有效

第三章　忍耐比恃强更强大

第四章　思维比知识更给力

第五章　适度比过度更如愿

第六章 人格比权势更有气场

第一章 选择比努力更重要

小企业一样有前途
——诸葛亮的择业观

人生如棋，虽然每一步都要走好，但开局几步极为重要，择业定位是开局的第一步，是重要一环。择业定位一定要有智慧，且看诸葛亮择业定位。

有人道诸葛亮本无意出山，是刘备三顾茅庐感动了他，他才答应辅佐刘备，其实并非如此。虽然诸葛亮在草堂门上也曾书写“淡泊以明志，宁静以致远”，但是淡泊、宁静隐含着志向致远；虽然诸葛亮也曾作歌“南阳有隐居，高眼卧不足”，其实他心里并不平静，他早想入仕，干一番大事业，以实现他修身治国平天下、为帝王师的人生价值。不然，他也绝不会自比为春秋战国时代的名相贤才管仲、乐毅；不然，他也不会密切关注天下大事，从而清醒地判断天下形势作出“隆中对”。

正因为诸葛亮有平天下的抱负，所以一定要为自己择一明主，以展现自己的才华。诸葛亮分析了当代群雄：北方的袁绍、袁术用人一向重名轻才，像诸葛亮这样没有名声、没有官职的年轻人，肯定得不到重用。许昌的曹操虽然爱才，但用人如器，又刚愎自用，生性多疑，且早有荀彧等人组成的人才群体先入为主，诸葛亮若投曹，绝不可能“人尽其才”。江东孙权爱才惜才，但是江东盛行“地方主义”，孙权所用谋臣多为江东人士，又多是孙坚、孙策留下的旧臣。诸葛亮这位外来的“和尚”在江东这座“庙”里未必念成“好经”，选来选去，刘备那里才是诸葛亮择业的最佳定位。

表面看来，三顾茅庐是刘备热、诸葛亮冷，其实并非如此，只不过刘备热在明处，诸葛亮热在暗处罢了，刘备当然需要诸葛亮，苦苦等待见面的机会，心急如火；诸葛亮也需要刘备，但是要适当地端端架子。刘备帐前的关羽、张飞、赵云，都是骁勇无比的将才，但缺乏统帅。诸葛亮这位帅才在刘备那里可以大显身手。刘备待人宽厚，素讲仁义，有一个极好的“人和”环境，诸葛亮到刘备那里绝对无需承担在曹操那里的政治风险，也不至于受到江东的“内耗”和“排外”的威胁。况且刘备当时已走投无路，无基无业，所占弹丸之地又危在旦夕，刘备犹如一将死的病人，这就更激起诸葛亮这位治国“名医”的兴趣，只有救活垂死的病人，并且使病人身体健康，才能更显出名医回春之妙手。

诸葛亮能找到一份好工作，首先因为他持有一个正确的择业观、定位观。诸葛亮择业定位不追求大城市，“大企业”，许昌是东汉国都，曹操集团是“大企业”，诸葛亮不去，因为那里缺少自己的用武之地，在那里不能实现自己的人生抱负。诸葛亮的择业定位不追求物质待遇，江东乃鱼米之乡，诸葛亮不去，因为那里缺少“人和”的环境，不适合自己。刘表、刘璋、马腾、张鲁这些“中型企业”，诸葛亮也不去，因为这些“企业”病入膏肓，治不好了。刘备那里是个“小企业”，物质待遇低，工作又劳累，又濒临破产，风险性大，却偏为诸葛亮所钟情，因为这个“小企业”一能充分实现自己的人生价值，二则此“小企业”经过治疗后大有前途，三则诸葛亮有扭亏为盈的“良方”。诸葛亮的择业观显示了他的深谋远虑。

近年来，求职出现了两极分化现象。有的企业僧多粥少，求职难；有的企业却粥多无人食用。由于国家机关的工作稳定，待遇优越些，所以很多人择业时首选国家机关，报考公务员的人数增长情况井喷，从区域而言，更多的人愿往大城市里面挤，往京、沪、广、深飞。相当一部分人亮出这样的观点：只要留在大城市，干什么活儿都行，工资少点也行。

广大就业者不妨学学诸葛亮的择业定位观。把有利于发挥才智、体现人生价值放在择业的首选，不要对所谓的“铁饭碗”及户口、编制、大城市、待遇看得过重。“物以稀为贵”，永远是价值规律的不变法则，暂时待遇差，不等于永远待遇差，事在人为。诸葛亮奋斗几十年，帮刘备打下一片天地，自己也住上了丞相府。

十年寒窗换得学业有成，谋个体面职业是许多人的憧憬，贫寒人家的孩子希冀“改换门庭”也属情理之中。但是大学生越来越多，“天子骄子”已风光不再，人人去争做白领，并不现实，于是有：北大学子卖肉，复旦学子养鸡、卖蛋，大学高材生从城里辞职回乡做职业农民，他们都可以成功，且可以成绩斐然，他们的行为，为众多求职创业者开启了另一扇门。

刘备三顾茅庐

离开断路
——愚忠陈宫

若问路在何方，路在脚下。

“路在脚下”这句话固然不错，因为走路靠脚，事业靠干，守株待兔是没有出路的。白天做梦，梦醒之后，依然一无所获。但是，走路并不只靠脚，还要靠眼睛识路，靠脑子找路，才有可能走正确的路，不至于空耗脚力而到不了目的地。

为什么有的人的路总是走不通？非脚力不够，非不够勤奋，非缺乏信心，而是缺乏智力，缺乏眼力，陈宫就遇到这个问题。他选择了一条断路、死路，纵有天大的本事，还是走不通。

曹操刺杀董卓未遂，慌忙出逃，被董卓遍行文书、画影图形捉拿。曹操逃至中牟县为守关军士所获，擒见县令。县令陈宫见曹操敢于为国除害，决定弃官与曹操一道回乡里，召天下诸侯兴兵共诛董卓。

曹操多疑，杀了好心的吕伯奢，又以“宁可我负天下人，休教天下人负我”之言作了杀人的理由。曹操这样的处世哲学，实在令人不寒而栗，陈宫乃正直之人，不愿与曹操为伍，星夜离曹而去。

陈宫后来跟随了吕布，与吕布同时死在白门楼。吕布死于无谋无智，一意孤行，陈宫死于愚忠，明知走了断路仍不改初衷。

吕布偏信陈珪、陈登父子，而陈珪父子正是刘备的旧部，二人是来卧底的。吕布在徐州，每当宾客宴会之际，陈珪父子必盛称吕布之德，陈宫不悦，告吕布曰："陈珪父子面谀将军，其心不可测，宜善防之。"吕布怒叱陈宫曰："你无端献谗，欲害好人吗？"陈宫自叹曰："忠言不入，吾辈必受殃矣。"欲弃吕布他往，却又不忍，又恐被人嗤笑，乃终日闷闷不乐。

吕布乃一勇将，有勇无谋，他不读兵书，不知方略，只凭赤兔马、方天戟东杀西拼。吕布自己无谋不说，还不肯纳谏，陈宫一而再、再而三地献计出击，吕布就是不听，非要坚守，终被曹操破城。陈宫有智有勇，又有人品，但跟错了人，又好钻牛角尖，认准了的事头撞南城也不回，明知"吾等死无葬身之地矣"，还不肯舍弃吕布，在白门楼临死前还认为跟吕布没有错。其实，凭陈宫的才智，不愿意跟曹操可以，那么跟刘备、跟孙权肯定会受到重用，自己的聪明才智也能充分发挥出来。

陈宫跟吕布，其实走的是一条断路，吕布早晚都得败，只不过是早败晚败而已。断路是走了一段后前方是悬崖峭壁，你不可为之。断路面前，莫钻牛角尖，莫逞"英雄"气概，迅速离开走不通的路。通向成功的路不止一条，没必要一次一次地头撞南墙。

我们赞扬对事业的执着，但有些时候执着将导致失败，而适时放弃却可能走向成功。这时候我们就不能再执着了。再执着那就是死心眼儿了，该放手时就得放手。我们赞扬锲而不舍的奋斗精神，但是要成就一番事业，放弃与锲而不舍并不矛盾，调整最初的选择并不一定意味着见异思迁，放弃无可挽回的事情并不说明整个人生事业从此黯淡无光。人应当拿得起，人也应当放得下。放弃，是为了更好更多地得到。只要果断放弃，才能将拿得起的东西更好地把握；只有果断、迅速地止损，才能及早重打锣鼓另开张，及早把损失的成本补过来。

走不通的路又有两种：一种是真没路了，另一种是只断了一段路。想方设法度过这一段，前方又出现了路。所以，断路当前要认真分析，看看是彻底断了还是虽然断了但过了这一段路还很长。彻底断了，打道回府；虽然断了但过了这一段路还很长，就要在败棋中寻找胜招。人生中有时会暂时经历一段坎坷，倘若人们认为断了出路，那可就名副其实地成了断路，这就同医学上有一种假死，形虽同真死一般，却还有救。如果断路只是一段坎坷，那么仍然有路可行。因为坎坷的前面可能有新路，损失中可能隐藏着盈利，黑暗中可能孕育着光亮，灾难中可能隐藏着机会，柔弱中可能孕育着刚强。

倘若遇到的彻底断路，不必留恋过去所付出的努力，早撤比晚撤好。形成断路的原因很多，大多是外部原因，个人单方面的力量无能为力。例如，天时、潮流、趋势，我们挡得住吗？

天时，是一个高度抽象、内涵丰富的概念。天时既包括自然界时光流转、气象万千，也包括诸多社会因素、政治因素、发展规律、前进趋势。天时，既可以为人们开辟许多新路，又可以使人们原先走得好好的一段路成为断路。在天时面前，个人的力量微不足道。天时，犹如浩瀚大海。面对波涛汹涌，个人的自主能力是有限的，选择的余地少得可怜，为了避免灭顶之灾，就要拼命地游，但起决定作用的还是大海。在天时面前，人们能够做到并且应当做到的是，顺应天时，走顺天时之路，离开逆天时之路，因为“顺之则昌，逆之则亡”。逆天时之路才是真正的断路。

我们提倡个人奋斗，但是，个人奋斗一定要顺应天时，与时俱进。我们只能顺应天时，“见风使舵”，灵活调整，才能适者生存。当我们的路走不通时，与其匆忙地问自己“我们应当做什么”，不如停下来问“是什么阻碍了我们”。

选择时机，时机不到莫出手

——诸葛亮一气周瑜

赤壁大战以后，周瑜和刘备都想取南郡。周瑜临江下寨，刘备也屯兵油江口，诸葛亮先稳住周瑜，声称让周瑜先取，如果东吴取不下城，他们再取。于是，刘备只在油江口屯扎，按兵不动。周瑜自信弹指间就可得南郡，对刘备屯兵根本不放在心上。诸葛亮对周瑜实际上是散布假象，行瞒天过海之计，等待取城的时机。

且说周瑜与曹仁在南郡大战，双方互有胜负。后来，到底是周瑜计高曹仁一筹，设计将曹仁大军引出南郡，以伏兵大破曹仁。曹仁大败，前、中、后三军皆被冲散，曹仁想带着残兵败将返回南郡，却被东吴大将凌统截住去路，曹仁只得往襄阳而去。

周瑜胸有成竹地率军回攻南郡，以为南郡已无多少曹军守城，取城已成定势。周瑜来到城下，忽见城楼布满旌旗，城楼上一将大声喊道：“都督少罪！吾奉军师将令，已取城了——吾乃常山赵子龙也。”周瑜大怒，急令吴兵攻城，赵云命守城将士乱箭射下。

周瑜攻城不下，于是派甘宁率数千军马取荆州，命凌统带数千军马攻襄阳，等这二城取下后再取南郡。周瑜正在调兵遣将，忽然探马来报说："诸葛亮自得了南郡，遂用兵符，星夜诈调荆州守城军马来救，却教张飞袭了荆州。"此报刚毕，又一探马飞来报说："夏侯惇在襄阳，被诸葛亮差人赍兵符，诈称曹仁求救，诱惇引兵出，却教云长袭了襄阳。"周瑜费尽辛苦，一无所获，却让诸葛亮抓住战机，不费大力，一夜之中得了三城，周瑜如何不气。

诸葛亮一气周瑜，得了南郡、荆州、襄阳三城，一是使用了瞒天过海之计，以按兵不动的假象瞒住了周瑜；二是使用了无中生有之计，以曹仁兵符诳荆襄二城曹军出城，以便乘虚而入；三是使用了趁火打劫之计，趁曹操和孙权两家大军交战的混乱，以逸待劳，坐收渔翁之利。但是，如果没有抓住时机速战速决，这些计策也无用武之地，南郡早归周瑜，荆襄二城也会久攻不下，时间一拖下来，鹿死谁手就很难说了。

军事家孙武曾言："兵之情主速，乘人之不及。"《孙子兵法》强调冲其虚，进攻敌人防守薄弱、兵力虚弱的地方。乘虚而入，可以以小的代价换取大的收获。两军交战，虚实则是相对而言，今日之实，明日可能为虚，今日之虚，也可为明日之实，一切都在变化之中。要想乘虚而入，必须以迅雷不及掩耳之势向敌人进攻，才不至于贻误战机，稍有迟缓，就可能酿成大错。俗话说："机不可失，时不再来。"有时候你所遇到的机会是千载难逢的，错过这次机会就没有下一次了，这就是"兵之情主速，乘人之不及"的道理。

古代贤明的君王大臣的眼光永远盯着创业、守业、统一、称霸，但盯着是盯着，时机不到绝不出手，这就需要选择时机。为了实现目标，他们有的委曲求全，如卧薪尝胆的勾践；有的隐山隐水，不显露，不当出头鸟，如朱元璋的"缓称王”；有的割让眼前的利益，如诸葛亮割让三郡；有的使用韬晦之术，假装成庸庸之徒，如三年不鸣的楚庄王。

打伏击的指挥员都知道，伏击的时间不可过早，要等大部分敌人进入伏击圈，己方能发挥出最佳杀伤力，才可攻击，否则会放跑敌人。

懂市场的企业家知道，新产品本身并非财富。有的企业重视开发新产品，却误认为上市越早越好。其实，任何一种产品，不管它本身多么优异，如果出现在市场尚未被开发的时间，它的价值则等于零。上市要研究时机，上市以后要讲究合适的速度，即新产品的市场推进步调要与人们的需求协调一致。“以快制胜”是商战的战略之一，而不是全部。仅仅以快还未必制胜，更为关键的是把握好新产品上市的“时节”，即市场的时机定位。

《菜根谭》认为朋友之间的交往要“自薄而厚，先严后宽”，即施人恩惠要先从淡薄而逐渐浓厚，假如先浓厚而后淡薄，就容易使人忘怀这种恩惠；树立威信要先从严而逐渐变宽，假如先宽后严，那别人就会怨恨你无情。无论先薄后浓，还是先严后宽，都必须把握由浅入深、循序渐进的交际原则，而且变化不要太快。

时机对于人生决策来说是一个非常重要的因素。时机不到，就匆忙作决定，仓促行动是冒险之举；时机已经成熟了，却不识时机或拖延不决，优势也会变为劣势。把握时机，当机立断，则是胜利之本。

放弃也是一种选择

——不是天不灭曹，而是孔明不灭曹

自古道：有所失才会有所得。我们只有把应该放弃的坚决果断地放弃，才有可能是最后的赢家，放弃也是一种选择的思路。

赤壁之战，孙刘联军取得决定性胜利，周瑜、诸葛亮从水陆两路出击，设下十面埋伏。一路之上，曹操的兵将走到哪里，哪里就有孙刘联军的埋伏。行至华容道时，曹军人皆饥饿潦倒，焦头烂额者扶策而行，中箭者中枪者勉强而行。衣甲湿透，个个不全，军器旗幡，纷纷不整。号哭之声，一路不绝。至此，曹操只有三百名疲惫不堪的兵将，此时正是擒拿曹操的绝好机会。诸葛亮只要想除曹操，十拿九稳。

但是，诸葛亮却选择了放弃，“派”关羽把曹操放了。诸葛亮一生都在努力，同时又都在选择。首先，他选择明主，选择了刘备；而后，又不断地选择战术，是火攻还是水攻，是兵战还是心战。周瑜死后，他立即选择了冒风险过江，吊唁周郎，但是他的所有选择，最有深谋远虑的当属这次设计华容道放曹。此次，他选择了放弃。诸葛亮为什么不灭曹，因为灭曹会干扰总策划，妨碍总目标的实现。不仅如此，甚至还危及刘备集团的生存。

有人认为，诸葛亮的总目标就是刘、曹、孙先三足鼎立，然后再寻机一统天下。灭了曹，少了一个最强的对手，不是可以刘、孙两分天下，岂不比三分天下更进了一步，何乐而不为呢？其实不然，这只是一个空想。

如果当时杀掉曹操，曹姓及夏侯氏的人势必要报仇雪恨。曹操在许昌、荆襄、合肥等地还有相当势力。倘若即刻点起二三十万兵马复仇，恐非难事。到那时，因为时过境迁，孙刘联军再难演出草船借箭、苦肉计、连环计、借东风的精彩大戏了。让你烧了一次，还能让你烧第二次吗？放了曹操，他当然也很想复仇，但余悸未了，总得要停歇一段时间再战。刘备和诸葛亮正好利用北方无战事这段宝贵的时间，养精蓄锐，作好充分准备去逐步实现自己的目标。

如果当时杀掉曹操，除了刘备的大患，同时也除了孙权的大患，这样，孙刘两家便由同盟者变为敌人，两家之间的大战即可到来，这对在江南立足未稳的刘备极为不利。

孔明选择了放曹，但仍派人在华容道截击曹操，这就更高明了，如果明令放曹，刘、关、张和诸将都不会理解；如果不派人在华容道埋伏，又显得失算，不像人们说的那么“神”。诸葛亮偏偏派义薄云天的关羽去华容道，等于向天下表明，我算到了，只是由于关羽的重义才未果，给自己料事如神的形象添加了光彩。

诸葛亮选择放弃，充分体现了他为实现总目标，不计较一时得失、深谋远虑的战略思想。诸葛亮设计放曹的故事告诉我们，在人生的征途中，面对挑战和机遇，是舍弃还是角逐，需要慎重抉择，该出手时就出手，该舍弃时就舍弃，不能为了一棵小树而舍了一片森林。

舍弃所遵循的也是价值原则。“舍弃”是手段，“获取”才是目的，所以遵循的仍然是“趋利避害”的原则，只不过不是急功近利而已。舍弃的是次要的、局部的、暂时的利益，而获得的却是主要的、全局的、长远的利益。在许多情况下，我们只有舍弃局部，才能保存整体；只有舍弃近利，才能生存发展。

舍弃是一种大智慧，这种智慧来自正确的世界观和方法论，是知识、方法和能力的结合和互相转化的结果。舍弃时有意识的主动行为，是一种生存和发展的智慧。

并非执着者一定能够成功，许多时候，放弃却走向了成功。

古罗马有一则寓言：有两条河流从源头出发，相约流向大海，它们穿过山洞，最后到了沙漠的边缘。其中一条河说：“我一定要流过去，找到大海。”另一条说：“不如回去再等机会吧，如果前进，我们可能走不出沙漠就干涸了。”结果一条河执着地前进，干涸在沙漠里。另一条河则回到了源头，等待良机，流入了大海。通向成功的路不止一条，也不一定非得在某年某月必须实现，没必要一条路走到黑，碰南墙才回头。

舍弃常常是一种痛苦的选择。东北狼一旦被猎人的铁夹夹住，便会自己把所夹的那条腿咬断逃生，凭着这种痛苦而果断的“舍弃”，保存了生命。欧洲金雕，一窝只生两只幼鸟，但有时仍然食物不足，于是强壮的一只便把弱小的一只挤出巢穴摔死在岸下。金雕妈妈别无选择，只有容忍这种残酷的“舍弃”的现实。阿西莫夫曾从事生物化学研究和教学，他发现自己有创作科幻小说的才能，在对自己进行冷静客观的分析后，他毅然告别了大学课堂和实验室，专门从事写作，阿西莫夫当时选择舍弃自己朝夕相处的实验室和讲台，内心无疑是痛苦的，但正是因为他挺住了一时的痛苦，而后才成就了大业，一生创作了48部科幻著作，成为世界上最负盛名的科幻小说家。舍弃有时很痛苦，但如果不能忍受一时之痛苦，就有可能招来终生的痛苦。

人的一生，是“取”与“舍”的一生。“取”是一种本事，“舍”是一种智慧。没有能力的人，取不足；没有通悟的人，舍不得。

人初生时，只知取。除了取得生命，更要取得食物，以求成长；取得知识，以求完善。长大以后，则要有取有舍，或取熊掌而舍鱼或取利禄而舍悠闲或取权位而舍其他。至于老了以后，则愈要懂得舍。不知舍、不服老的人，常常把老本也赔了进去。

刘向《新序》记载，有人送鱼给郑相，郑相不受，左右问他：你不是最爱吃鱼吗？干吗不要？郑相说：“正因为我爱吃鱼，所以不能要这个鱼。要了这个鱼，就因受贿而失去了官禄，以后再也吃不到鱼了。而不要这个鱼，保住了官禄，我可以一辈子食鱼。原文是：“受鱼无禄，无以食鱼。不受得禄，终身食鱼。”

这个郑相，可以说是位清官，然而他之所以当清官，并不是出于什么感人肺腑的理由，也没有表现出什么高风亮节，他完全从维护个人利益出发，辩证地分析了当清官要比当贪官更获利的道理。即，受贿本来是为了满足欲望，但结果却恰恰为了满足小欲望而失去了大欲。而廉洁却因为拒绝小欲而保住了大欲。郑相不受鱼的故事中有一个“取”与“舍”的辩证关系。

什么都不放弃的人，很容易被人理解为斤斤计较；什么都放弃的人，往往又被人指责为缩头乌龟。处理好“取”与“舍”的关系，才能在复杂的人际关系中游刃有余。

每种舍的后面都可能潜藏着取，如果失去的是虚假，可能因此而得到真诚；如果失去的是近利，可能因此而得到成功；如果失去的是浅薄，可能因此而得到深刻。那么，该失则失，该舍则舍。

每种取的后面都可能潜藏着舍，如果为了金钱而失去了健康，为了取得事业成功而失去了家庭和谐，为了取得利益而失去了人格，为了取得荣誉而失去了正直，为了取得欲望而失去了自由，为了取得近利而失去了长远的目标，均得不偿失。

诸葛亮在隆中纵论天下大势

大智若愚

——司马懿选择示愚

魏主曹睿病危，托孤于大将军曹爽、太尉司马懿，二人扶太子曹芳即皇帝位。曹爽乃曹真之子，系曹氏宗族，拥有兵权。曹爽亦是司马懿的政敌，他深知司马懿功高德重，对司马懿一直小心提防，不敢有丝毫懈怠。司马懿此时已推病不出，二子亦皆退职闲居，曹爽对司马懿仍不放心，但不知司马懿虚实。

一日，魏主派李胜为青州刺史，曹爽见是个机会，令李胜以辞行之名探司马懿虚实。司马懿老谋深算，岂能不知李胜辞行之意。于是，他去冠散发，上床拥被而坐，又令两个侍女搀扶。他装痴卖傻，眼光痴滞，装聋作哑，口中语无伦次。侍女喂他喝汤，汤从嘴角流出也不知晓，乃作哽咽之声曰："吾今衰老病笃，死在旦夕矣。二子不肖，望君教之。若见大将军，请他今后多关照二子。"言毕，倒在床上，声嘶气喘。李胜回报曹爽，细言其事。曹爽大喜曰："此老若死，吾无忧矣！"

曹爽以为司马懿病得不轻，人已经傻了，再有能耐也使不出来了。从此，不再把司马懿当作对手。司马懿终于在一天，当曹爽及其兄弟亲信放心大胆地出城打猎时，在城内发动了政变，除了曹爽，至此，魏主政权归司马氏。

司马懿向曹爽“示愚”。司马懿大智若愚，善于藏拙，善于保护自己。大智若愚，既有大志，又不露锋芒，生存和发展环境平和，大智若愚的人大多事业有成。他们明白，留得青山在不愁没柴烧。“大智若愚”中的“愚”有几种形式：

其一，糊涂。

郑板桥说：“难得糊涂。”郑板桥所指的糊涂不是脑子里似一团乱草，那是愚昧无知，郑板桥所指的糊涂是在是非、名利面前不争，不计较，虽一副“愚”相，但人生有大发展。“糊涂”就是清醒。

其二，浅薄。

对于科学发现、真理探究，看问题应当深刻一些，尽量把事情看透一些。对于为人处世、人际关系，看问题应当浅薄一些，尽量把事情看淡一些。为人处世思想倘若太深刻了，曲高和寡不说，别人也会觉得你“可怕”，会处处防着你。对于我们身边的无关紧要的小事，看得太透，于人于己都不好。

其三，无知。

在为人处世方面，知道的事并非越多越好。知道的事多了既是个负担，又是个隐患。

其四，自污。

俗话说：出墙的椽子先烂。人怕出名猪怕壮。人的显赫有时会成为众矢之的。因此，在没有必要张扬时，还是隐匿一些的好。自污是一种隐匿，往自己头上泼脏水，以使自己不落入险境或脱离险境。战国时身居险境的孙膑，《水浒》中在江州写反诗的宋江，为了免遭杀身之祸，都曾搞过自污的诈术，装疯卖痴，胡言乱语，以自污保住了自己的生命，同时保住了自己的前程。孙膑后来大破魏军，宋江后来在梁山泊当了“一把手”。

其五，示弱。

示弱是人处于劣势时保存自己、发展自己的有效手段。人有哲理：“人在屋檐下，不得不低头。”乌龟也有哲理：当处在险境的时候，先把头缩进去，只要脑袋不被砍掉，就会有出头之日。人的低头，龟的缩头，均为示弱。我是弱者，我是哀兵，你总不能以强凌弱吧。

世上常有一些精明人缺乏自我保护意识，精明反被精明误。曹操手下的杨修，孙权帐下的诸葛恪，都是高智商的才子，口才极佳，思维敏捷。但是，杨修锋芒毕露，尤喜在军机大事上面卖弄小聪明，轻率不慎，终被曹操斩首。诸葛恪过于自负，刚愎自用，最终为东吴另一权臣孙峻所杀，结局可悲。

大智若愚者，以愚保智，以无用之相保有用之身，外愚而内慧。

司马懿装病

选择两全的方案
——吕布辕门射戟

袁术欲攻刘备。袁术认为刘备屯军小沛，虽然易取，可是吕布虎踞徐州，恐怕吕布救助刘备，于是送给吕布20万斛粮食，以稳其心。袁术派纪灵为大将，统兵数万，进攻小沛。刘备因小沛粮寡兵微，无力抵敌，就写信给吕布，请吕布出兵救援。吕布权衡利弊，认为刘备在小沛并不能构成对他的威胁，但是倘袁术灭了刘备，必然北连秦山诸将攻击吕布，使吕布不能安枕，所以决定援救刘备。

纪灵得知吕布领兵来救刘备，急令人致书于吕布，指责他不讲信用。吕布既想救刘备，又不想遭到袁术的埋怨，就生出一个巧计。吕布让人到纪灵、刘备寨中，请二人赴宴。刘备先到，纪灵后到。纪灵下马入寨，见刘备在帐上坐，大惊，抽身欲回。吕布向前一把扯住，如提小孩一般拉回纪灵。纪灵问："将军欲杀纪灵耶？"吕布曰："非也。"纪灵又问："莫非杀刘备？"吕布回答也不是，并接着说："刘备乃我的兄弟，今为将军所困，故来救他。我平生不好斗，只好解斗，今天为你们两家说合。"纪灵问有何解法，吕布曰："我有一法，从天而决。”

吕布让人取出方天画戟，提戟在手曰：“我劝你两家不要厮杀，尽在天命。”令部下接过，去辕门外远远插定。吕布对刘备、纪灵二人说：“辕门离中军有一百五十步，我若一箭射中戟小枝，你两家罢兵；如射不中，你们各自回营，安排厮杀。”纪灵心中暗想：戟在一百五十步之外，安能便中？且落得应允。待其不中，那时凭我厮杀。便一口许诺。刘备也同意此法。

只见吕布挽起袍袖，搭箭扯弓叫一声：“着！”一箭正中画戟小枝。帐上帐下将校齐声喝彩。吕布呵呵大笑，掷弓于地，执纪灵、刘备之手曰：“此天令你两家罢兵也！”纪灵已经许诺，又害怕吕布，只得退兵回淮南。

人道吕布有勇无谋，其实愚者千虑，也有一得。吕布此次辕门射戟，毫不费力地退了纪灵大军，可谓极高超的智力公关术。辕门射戟为什么成功，就因为吕布有弄巧的把握：首先以臂之神力像抓小孩一样地拉住纪灵，给纪灵一个下马威；随后假借“天意”射戟，充分相信自己的实力，果然一射便中。吕布辕门射戟的效率可谓极高，只射了这么一箭，便中了三雕：退去了纪灵大军；帮助了刘备，也就是帮助了自己；还白白得到20万斛粮食，又不失信用。

做一件事有正面的影响，也难免会有些副作用，有人一句“难免”了之，有人却想办法把副作用降到最低程度，尽可能做到两全其美。吕布面临选择，第一条路出兵帮助刘备，可是失信于袁术，本来吕布在天下的名声就不怎么样，若再失信就更难堪了。第二条路坐视不管，刘备的小沛失了，袁术直接威胁到吕布的徐州。于是，吕布选择了第三条路，利用公关术，谁也不得罪，自己既得了便宜，又绕过了险情。宋太祖“杯酒释兵权”也做到了两全其美，在和风细雨中，不伤和气，不留后遗症，解决了棘手难题，可谓高明。宋太祖对功臣优容之，同时又远之以政，既善待了功臣，又维护了中央权威。

宋代儒学大师朱熹给《中庸》作注时说：“中庸者，不偏不倚，无过不及，看似平常之理，实则精妙至极。”

国内有则谚语：话不能说满，事不能做绝。

许多努力工作的人们，做事经常犯顾东不顾西、顾眼前不顾长远的毛病，按下葫芦浮起瓢，使自己的努力在效果上打了折扣。目的虽然实现了，但留下后遗症一大堆。

我们不能为了解决一个问题而造成新的问题。20世纪60年代初，英国泰晤士河两岸的一些工厂，为了减轻大气污染，采用了用石灰水吸收废烟气中的二氧化硫的办法。但是，大气污染的问题解决了，却又带来了新的问题。结果，形成了硫酸钙排入河中，造成了水污染，这就是后遗症。20世纪60年代中期，人们运用系统方法处理问题，从整体出发进行综合治理，并且把“三废”消灭在生产过程。

世界上第一台冰箱是法国人凯莱斯特发明的，他使用的制冷剂是无毒的氨气，氨虽无毒，但有一股刺激性臭味，一旦漏出，臭气熏天；氨又有较大的腐蚀性，而气体压缩机经不起腐蚀，要经常修理。制冷的目的虽然达到了，但问题多多。后来，人们采用了氟利昂作为制冷剂，它具有无毒、不燃、易压缩的优点。可是，氟利昂的大量排放，会大量吞噬臭氧层，破坏力惊人，后遗症更大。于是，人们研究了无氟制冷剂，既实现制冷目的，又不污染环境。

有的人为了实现人生旅途中的某一个目标，不顾其他。例如，以长期透支生命去赚取财富；以淡漠人际关系孤军追求事业，重事业、轻家庭而导致家庭破裂；重子女学习成绩而忽视其人品、人格的培养。有的人因放不下到手的职务、待遇，整天东奔西跑，吃喝送请，荒废了业务和正当的工作。有的毕业生择业只图眼前条件优越，不管是否有利于发挥自己的优势，是否能学技术、长本事，几年过去了，专业荒废不说，其他方面也一事无成。

我们不能因开展批评而留下许多后遗症，而让受批评者脸面全无，灰心丧气，抬不起头来，批评过后，要恢复被批评者的脸面，帮他们放下包袱，轻装上阵。我们不能为了赢得领导好感而忽略了同事之间的关系；不能为了照顾一部分人的利益，却损伤了另一部分人的利益；不能因为工作而忘记了为父母尽孝；我们不能为了张扬个性而得罪身边的人。

做事两全其美是可以做到的。做一件事不能仅想着所做的这件事，还要想到与此事有关联的其他事，想想这件事做完之后有没有后遗症，有没有副作用，如果有的话如何去调和，尽量把不利影响降到最低限度，这就是系统优化观点。治疗某一种病不能只想着把这种病治好就行了，还要做到尽量不伤害其他的器官，尽量不留后遗症，尽量不破坏生理平衡。批评他人尽量做到不伤人自尊，表扬他人尽量做到让其他人心理平衡。发展生产不可以牺牲环境为代价，发展经济不应当贻害子孙，不应当吃子孙的饭，抢子孙的资源。做事万万不可顾此失彼。

选择效率高的方案
——钟会伐蜀先造船

晋公司马昭拜钟会为镇西将军，引关中精兵二三十万，起兵伐蜀。钟会恐怕伐蜀的计谋泄露，遂假意伐吴，虚张声势地在靠近吴国的地方青、兖、豫、荆、扬等五州各造大船，又派人在登州、莱州等近海之处，收集海船。司马昭不知其意，遂召钟会问曰：你从旱路取西川，为何大张旗鼓地去造船呢？钟会回答：蜀兵若闻我大进，必然求救于东吴。所以我先造声势，做伐吴之状，东吴必不敢妄动。一年后，蜀已破，船已成，再伐吴，岂不顺乎？

钟会伐蜀先造船可谓“一石二鸟”，一举多得。

其一，攻蜀多为陆路，不需要用船，此举可麻痹西蜀刘禅，使其错误判断魏国企图而疏忽防守，此乃“声东击西”。

其二，牵制东吴，使东吴感到大战即临，感到危机而自保，无暇他顾，不敢出兵援蜀。

其三，可以在年内灭蜀之后，再用已造好的大船载兵将攻打吴国。果然，刘禅仍在吃喝玩乐，对魏兵不加防范。钟会破蜀后，数万大船也已造好，很快地破了吴，三分归一统。

钟会所用之计为“一箭双雕”。“一箭双雕”又名“一石二鸟”，即用一计而获得若干利益，使一谋得多利，一招击倒多个竞争对手。“一箭双雕”是兵战中重要计谋之一。

春秋时有一个故事叫“二桃杀三士”。齐国有田开疆、古冶子、公孙接三勇士结为兄弟，居功自傲，甚至不把齐景公放在眼里。乱臣也乘机收买他们意欲颠覆王权。相国晏子洞察这一险情，借邻邦鲁昭王来访之际，盛宴款待，采摘花园中屈指可数的几枚金桃。分剩下的最后两个金桃由文武百官自报功绩论功得桃，三个勇士为争这两个桃吵得不可开交，依次自刎而死。晏子以两枚金桃为“箭”，一举除去危害国家的三个“雕”，随后顺利扫除奸党，稳定了朝政。

钟会采用“一箭双雕”之计是一种高效率的选择方法。钟会施计有两个前提：一是必须有远见，像下棋一样，不但要看第一步棋，还要想到后边几步棋。缺乏远见，目光短浅是做不出高效率的事情的。二是必须找出某些事物之间的联系，以便达到一石激起千层浪的功效。蜀、吴两国一贯有唇亡齿寒的关系，若要实现灭蜀、灭吴的战略目标，必须切断二者的联系，攻击一方，牵制另一方。

看问题既要看眼前，又看远处，既看其一，又看其二，看其左右，看其方方面面，尽量做到以小的投入，取得多方面的成功。

办成一件事可以有好几种方法，有的方法多、快、好、省，有的方法少、慢、差、费；有的方法是笨法子，使蛮力，有的方法是巧法子，使巧力；有的方法事倍功半，效率低，有的方法事半功倍，效率高，两者一差就是数倍。

追求效率是一个现代人的基本要求。光像老黄牛那样低头做事是不够的，光像笨鸟每天靠起早飞一会儿才能跑到晚上的宿营地是不够的，只有辛苦、疲劳是不够的，我们应当讲究效益和效率。

天空远行的大雁，就选择了一个效率高的飞行方案。大雁具有很强的团体意识，也非常聪明，它们飞行时呈人字形。这些雁飞行时定期变换领头雁，因为为首的大雁在前面开路，它拍动翅膀产生的上升气流能帮助它两边的大雁节省一些体力。每一只大雁在飞行中拍动翅膀，都为跟随其后的同伴创造有利的上升气流。科学家发现，雁以这种形式发行，要比单独飞行多飞出12%的距离。

大雁选择人字形队伍飞行，是一种巧的选择，可以提高效率，降低消耗。

三位年轻姑娘结伴外出挣钱，在一个偏僻的山镇发现一种又红又大、味甜而脆的苹果，山镇地处偏远，交通不便，这种好苹果只能在当地买到，售价非常便宜。

第一位姑娘立刻倾其所有，买了10吨最好的苹果返回家乡，以比原价高两倍的价格出售。这样往返数次，虽然辛苦，但她成了家乡第一个富起来的人。

第二位姑娘用一半的钱买了100棵最好的苹果树苗运回家乡，承包了一片山坡，栽上了树苗。整整三年时间，她精心看护果树，虽然还没有一分钱的收入，但有了这些果树苗，还愁日后的日子不富裕吗?

第三位姑娘只用一块钱买了一捧泥土，她带着泥土返回家乡，送到农业科技研究所化验分析泥土的各种成分，然后承包了一片荒山坡，用了整整三年时间，开垦、培育出与那捧泥土类似的土壤，种上了苹果树苗。

十年过去了，三位姑娘的命运迥然不同。第一位姑娘每年还去买苹果，运回来卖，但当地信息和交通都已经发达了，竞争者太多，生意越来越难做，每年赚的钱不多，有时甚至不赚还赔，她活得很累。第二位姑娘早已有了自己的果园，但是因为土壤差异，长出来的苹果较原产地逊色，不过仍可以赚不少钱。第三位买泥土的姑娘，栽的苹果个大味美，和原产地的苹果不相上下，每年秋天引来无数客商竞相购买，总能卖到理想的价格。

三位姑娘都很努力、勤劳，但收效却迥然不同，可见，选择比努力更重要。

选择的方案必须能做到

——陶谦好心办了坏事

徐州太守陶谦出于一片好心，热情招待了途经徐州的曹操之父曹嵩一家老小四十余人，大设宴席，连续两日。好事做到这里其实已有了效果，曹嵩十分感谢，日后曹操对陶谦也会有好感。但是陶谦还要派500士兵护送，护送的这批士兵原来是黄巾余党，只是勉强归顺了陶谦，今见曹家装载财宝的车辆无数，便起了歹心，半夜杀了曹嵩一家，抢了财产跑了。曹操听了，咬牙切齿道："陶谦放纵士兵杀我父亲，此仇不共戴天！我要尽起大军，洗劫徐州。"

陶谦好心办了坏事，错就错在他太轻率从事，根本无力办好这件事。既然派兵护送，就应派心腹之人，而不应派归顺不久的黄巾余党。若是无人可派，做好事可就此打住。陶谦所做之事超过了自己的能力，他的好心给曹操一家带来了大灾，也给自己引来了大祸。这个事例说明了一个道理，选择的方案必须能做到。

美国企业家H·格林斯特说：杰出的策略必须加上杰出的执行才能奏效，这句话被称为格林斯特定理。定理告诉我们，无法执行的方案，只能是空中楼阁。

有一个猫与老鼠的寓言很能说明格林斯特定理的高见：

鼠洞里，老鼠们就当前猫的威胁问题召开紧急会议。

众老鼠们冥思苦想，有的提议培养猫吃鱼吃鸡的新习惯，有的建议加紧研制毒猫药……众说纷纭。

一个老奸巨猾的大老鼠出的主意一语惊人，让大家佩服得五体投地。那就是给猫的脖子上挂个铃铛，只要猫一动，就有响声，大家就可以事先得到警报，躲藏起来。大伙儿选择了这一个主意，因为它们都觉得再没有比这个主意更有效的建议了。但问题是怎样把铃系上去，这一方案被投票通过后，执行方案却始终产生不出来。

寓言说明，与其做一个不可能实现的选择，不如选择一个可以切实执行的方案。

有的方案看似挺高明，但是派不上用场。有一个人学习屠龙剑法。屠龙，这技法实在高超，要学到手可不容易，这个人花了三年的时间，耗尽千金的家产，终于学成。为了检验自己的屠龙之技，他想找一条龙去试试自己的剑法。他到处找龙，江河湖海，水坑小溪，山坡山洞，龙在哪里？他走遍天下，但找不到一条龙，这个人仰天长吼："喂！龙在哪里？"

庄子认为，这个人选择了不切实际的空想，他的剑术究竟能屠龙还是屠狗，谁知道？屠龙剑法可能非常高超，但是没有龙，这种剑法学习了又有什么用呢？方案不切实际就没有价值。

有的方案看似挺先进，但是条件不足干不成，就像画饼一样，中看不中吃。企业为了增强竞争力，有时需要从外面引进一些项目。人们希望引进的项目先进一些，但是先进性还必须结合企业实际，先进性代替不了可行性，"要看菜吃饭，量体裁衣"。再先进的东西，如果无用武之地，还不是废铁一堆。如果引进的项目耗资太多，使企业非得砸锅卖铁才能应付，那就伤了元气，屠龙不成反被龙伤。如果引进的项目驾驭不了，花钱买来的机器躺在仓库里睡大觉，这种引进就失败了。

引进项目必须进行可行性研究，这一研究应从技术和经济两个方面进行。结论应当是：合理、有利、可行。具体来说，一是价格便宜，符合国情；二是设备现在很快可以投产；三是有消化吸收技术的能力；四是可以使产品上档次，扩大品种。这才符合格林斯特定理。

有的方案听起来十分有道理，也很有诱惑力，但一实施就发现不好用。原因无非有两个，一是不可行，好听不好做，点子竟是一个空想。一个点子要变成现实需要很多技术，不考虑技术的可行与否，这是不顾技术上的客观规律。如设计一个大型的公关活动，第一步如何，第二步如何……活动环节丝丝入扣，策划人心细如发，但实际情况由于各种意外因素干扰，根本无法操作，这样的点子中看不中用。二是方案虽然能做得出来，但不符合客户要求，无人欣赏，白忙活一场，这是不顾用户需求的规律。

选择应避免知觉偏差

——孔明偏见识魏延

孔明在用人方面有许多高明之处。但是，孔明在用人方面并非没有失误，例如，他对魏延就有很大的偏见。纵观魏延一生，几十年来只见有功，不见有过，刘备极为器重魏延，封以高官，委以重任。但是，孔明对魏延始终存在一种成见，看魏延总有点不顺眼，时刻戒备，使蜀中这员猛将始终不能尽展才华。

关羽战长沙之时，长沙太守韩玄怀疑老将黄忠，令斩老将军。魏延救了黄忠，率百姓起义，杀了韩玄，并引百姓出城投奔关羽，使关羽不费大力气就得了长沙。若无魏延，黄忠死定了，关羽也不可能如此顺利地取长沙。

关羽引魏延来见刘备、诸葛亮，诸葛亮二话不说，竟令刀斧手将魏延推下斩之。刘备惊问曰："魏延乃有功无罪之人，何故杀之？"孔明曰："食其禄而杀其主，是不忠也；居其土而献其地，是不义也。吾观魏延脑后有反骨，久后必反，故先斩之，以绝祸根。"刘备曰："若斩此人，恐降者人人自危。望军师恕之。"孔明这才免魏延一死，但还不算完，指魏延曰："吾今饶汝性命，汝可尽忠报主，勿生异心，我好歹取汝首级。"孔明这番言行也太没道理了，《三国演义》中表："韩玄，轻于杀戮，众皆恶之。"孔明竟让魏延去忠于那么一个"众皆恶之"的主人，不许魏延弃暗投明。

孔明从认识魏延第一天起对他就有偏见。孔明"惜其勇武"，才用魏延，既用魏延，又疑魏延，不但约束了魏延的积极性，而且埋下关系不睦的种子。

由于孔明对魏延的偏见，使西蜀丧失了一次夺取中原的良机。诸葛亮一出祁山，魏军都督夏侯楙调各种军马拒敌，魏延向孔明提出了一个绝妙的建议：

"夏侯楙乃膏粱子弟，懦弱无能。延愿得精兵五千，取路出褒中，循秦岭以东，当子午谷投北，不过十日，可到长安。夏侯楙若闻某骤至，必然弃城望横门邸阁而走。某却从东方而来，丞相可大驱士马，自斜谷而行，如此行之，则咸阳以西，一举可定也。"

魏延此计既合兵法中的奇正并用的策略，又符合当时的敌情、地形、道路等战场形势，让诸葛亮率大军吸引对手的注意力，以保证他从子午谷出奇制胜。司马懿后来说过："若是吾用兵，先从子午谷径取长安，早得多时矣。"司马懿的话从反面证实了魏延建议的正确性。

孔明不肯用魏延的奇兵之计，实是因为他对魏延不信任，不愿意让魏延远离大部队。孔明熟读兵书，焉有不知奇正并用的策略。孔明乃大智大谋之人，岂有不知魏延此计的妙处。退一步说，即使魏延的奇兵兵败，损失的不过是五千兵马，而孔明此次带来的是十万之众，并不伤大局。

孔明死后魏延的反叛与孔明的偏见并非没有一点关系。如果孔明对魏延从一开始就信任，给他创造一个宽松的环境，最后未必会出现魏延被杀，蜀国损一栋梁的悲剧。魏延一生确无大错，最多不过是在背后发发牢骚而已，埋怨丞相怯懦，自己怀才不遇，不能人尽其才，试想，一位屡建战功的老将军，长期处于被上司怀疑、制约的环境中，心中能不气愤吗?

领导者择人用人，平民百姓选择朋友，中青年选择理财方式、求职择业，常常会受晕轮效应的左右，以致造成选择失误。最能产生晕轮效应的是外表，即表面形象，外表往往造成第一印象，而这第一印象常常会引发一叶障目、以偏概全的认识。

晕轮是指太阳周围有时出现一种光圈，远远看上去，太阳好像扩大了许多。人对某事或某人好与不好的知觉印象有时会扩大到其他方面。把心理学中的这种错觉现象，称为“晕轮效应”。这种晕轮效应，就像太阳光的光环一样，把太阳的表面扩大化了，这是人们知觉认识的偏差，其对于人们的正确选择有着负面影响。

先入效应是一种晕轮效应。先入效应也就是人们所说的先入为主。人们习惯于接受最先接受的东西，并为其寻找旁证或解释，选择能够证实先入印象的材料，如第一印象是好的，那么有关不好的方面则被忽略，只注意并选择有关好的方面，反之亦然。孔明对魏延的第一印象就很不好，所以魏延的好处他常常看不到。

片面效应也是一种“晕轮”，它是指以点概面、以偏概全的认知倾向。人们常常以事物的某一特性为依据，对事物作出整体评价，而忽视事物的其他属性。

另一种“晕轮”是刻板效应，也称为成见或定势，它是指人们认知的凝固倾向。人们的认知有时是停滞的、僵死的和机械的，缺乏动态和变化的观点。

要清除偏见，首先要“得其精而忘其粗”。注意事物的本质，不在于表面现象。再者，要兼听。“兼听则明，偏听则暗。”偏听只知其事物的一面，而兼听则可知事物的全貌，因而可避免偏见的产生。一事之功过往往仅能反映某人一方面的才能和不足，不能反映其诸方面的情况，只有数事并察，才不至于产生偏见。

借力是人性的自然选择
——火烧博望坡

诸葛亮出茅庐后不久，曹操派夏侯惇领兵十万，杀奔新野而来，以灭刘备。刘备此时只有数千兵马，怎能抵挡十万之敌？诸葛亮却胸有成竹，他先吩咐关羽、张飞、赵云如何行事，又令关平、刘封各引五百士兵，预备引火之物，于博望坡后两边等候，等敌兵一到便放火。

夏侯惇率大军至博望坡前遇到赵云，赵云按诸葛军师的事先吩咐，边战边退，诱夏侯惇兵进博望坡。此时天色已晚，浓云密布，又无月色，夜风已起，夏侯惇只顾催军赶杀，行至狭窄处，只见树木丛杂，两边都是芦苇。忽听背后喊声震天，霎时四面八方尽皆熊熊烈火，又值风大，风助火势，愈烧愈猛。曹军人马自相践踏，死伤不计其数。赵云见火起立刻回军掩杀，夏侯惇冒烟突火而逃。关羽、张飞见火起，依计分别烧了曹军的辎重粮草。诸葛亮初出茅庐第一把火，烧退了十万曹军。

《孙子兵法》中有“火攻篇”曰：“以火佐攻者明，以水佐攻者强。”水和火都是可以借助的力量。当自身力量不够强大时，指挥者常常需要借助外力而壮己。这个外力，可以是自然力量，如水、火，也可以是友人的力量，甚至是敌人的力量。借助外力，不是为了被外力所支配，而是要操纵外力。

借势壮己是诸葛亮善用之术，夏侯惇兵败博望坡以后，曹操又亲统五十万大军杀向新野。诸葛亮又火烧了新野，同时又令关羽先用沙土布袋截住白河上游的水，待被烧得焦头烂额的曹军到下游喝水时，再让军士一齐搬走布袋，水势滔天，曹军人马又被淹死许多。诸葛亮借水、火二势再次克敌制胜。

再翻《三国演义》，只见诸葛亮屡施借术：先是往江夏向公子刘琦借兵；而后又乘漫天大雾以草船向曹操借来十余万支箭；七星坛“借”了东南风；再以后，又久借荆州不还。诸葛亮一生最大的借绩是在刘备败走汉津口的最困难之机，下江东，巧施计谋，陈言力辩；说孙权，激周瑜，舌战群儒，促成了孙刘两家的抗曹联盟。结果，使身无立锥之地的刘备借东吴的兵力大破曹操，并趁机占据了荆州。赤壁之战，收其胜利果实者，乃刘备。可见诸葛亮借术之高明。

有许多含有“借”字的成语，例如：借花献佛，借刀杀人，借冕播誉，借梯上楼，借尸还魂，借古喻今等。一个借字，大有文章。

刘备也善借，不过刘备最善“借冕”之法。仅举一例，他和关羽、张飞结拜以后，马上托人求拜与自己同宗同姓的幽州太守刘焉为叔。此后，“景帝之后”“汉室至亲”这类的话便常挂嘴边。冕，本指古代天子、诸侯所戴的礼帽，后来专指皇帝的礼帽，在“借冕播誉”里，“冕”已不指帽子，而是指美誉和声望，借冕的目的在于产生一种名人效应。借火助攻虽然也是借，但不是借名声、威望，而是借实力。人为了摆脱不如意的状况有两种途径：一为附人，二为借力。力薄而附人，借力以滋身，附人是立身之术，借力才是滋身之本。

借力也是人性的自然选择。如果某一个方案能借到力，就应当优先考虑选择它，因为从来也没有人单打独斗会成功。竞争中的强者应当这样，你是竞争中的弱者更应当这样。不要相信你一个人能包打天下。成功者必然得到过别人的帮助，不要拒绝帮助，不要摆出一副“万事不求人”的架势。借力借势是成功的必由之路。

三个人到果园比赛摘苹果，三个人中一个身手敏捷，一个个子高大，一个个子矮小。照常理看来，身手敏捷的人和高个子有可能取胜，但最后获胜的竟是矮个子的那个人。

原来，他们要摘的水果大都在很高的位置，很多在树梢。高个子尽管一伸长手臂能够到一些果子，但是数量毕竟有限。身手敏捷的人尽管可以爬树，但树梢的一部分，他就够不着了。矮个子一看到这种情形，二话不说就往门口跑。他在刚进门时，很热情地和看门老头打了招呼，很谦虚地请教老头平时他们是怎样摘树梢上的水果的。矮个子向老头借梯子，老头十分爽快地答应了。有了梯子，摘起水果来自然轻松，结果他摘得最多。

上述的这个故事其实是一道考题。某公司让三个应聘者去果园摘水果。主考官考的是通过对他人的关心和尊重，赢得别人的帮助和协作的能力。从“借势”的角度上看，选择借到梯子的候选人是最适合的。

不要想象自己一个人能包打天下，世界上没有人——永远也不会有人能独自取得成功。成功者必然得到过别人的帮助，不要拒绝帮助，不要摆出“万事不求人”的架势。一事、数事不求人可以做到，万事不求人根本做不到。取人之长，借人之力是成功的必由之路。

商战中，大家都明白，推陈出新，可以大获其利。但是，优质的产品必须以先进的科技为基础，没有高技术，就不可能有“引领世界新潮流”的优质产品。攻克高科技并非一日之功，它费时费力。企业，特别是本小力薄的中小企业不可能在研发上投入过多的力量、金钱和过长的时间，明智的办法是，在攻克高科技方面，量力而行，做些力所能及的事，而对于实在勉为其难的事情，最好是潜观默学，巧取他人之长。

等待、潜观、默学、借力，而后跟随超越之术有四大优点：一是风险小，容易成功；二是避开了竞争对手的锋芒，不公开挑战，实际上是赢得了安定的生存条件，有宽裕的时间在别人成功的基础上学习、改进、超越；三是当局者迷、旁观者清，容易找出竞争对手的关键性毛病，克服了这些毛病，就战胜了对手；四是节约了许多人力、物力、财力，而把有限的力量用于改进。“先引进，后改进”的战略，是“青出于蓝而胜于蓝”的“后上术”。

借力借势要讲究适用性。他人之长不一定完全可用，有的他人之长不适应自己的情况，有的他人之长取之太难，解不了近渴。因此要研究他人之长，取那些可以吸收消化的营养。

要虚名，还是要实力

——玉玺之争

话说十八路诸侯讨伐董卓，董卓大败，劫了天子并后妃等，弃洛阳望长安去了。十八路诸侯中的孙坚驱兵先入洛阳，屯兵城内。一天夜里，有军士报曰："殿南有五色豪光，起于井中。"孙坚唤军士点起火把，下井打捞，捞起一妇人尸首，虽然日久，其尸不烂，宫样装束，项下带一锦囊。取出看时，内有朱红小匣，用金锁锁着，启开以后，乃一方圆四寸的玉玺。这个玉玺乃传国玺，其玉为昔日卞和在荆山开采的，后来秦始皇得此玉，令良士琢为玺，秦相李斯在玉玺上篆文"受命于天，既寿永昌"。秦灭后，玉玺到了汉高祖手里，汉朝皇帝代代相传。

孙坚得此玉玺，自以为受命于天，日后必会称帝。于是不愿意再去费力伐董卓，托病辞别盟主袁绍，离洛阳返回长沙。谁知袁绍已经知道孙坚藏匿了玉玺，差心腹连夜往荆州，送书信与荆州刺史刘表，让刘表在孙坚返回长沙的路上截击孙坚，夺回玉玺。刘表率军与孙坚打了一仗，玉玺未夺回，自此，孙坚与刘表结怨。不久，孙坚跨江击刘表，孙坚被乱箭射死。孙坚掌有玉玺，不但没当上皇帝，还丧了命。

孙坚死后，其子孙策投了袁术。孙坚看中玉玺，为玉玺而丧命；孙策却看中实力，他为了宏图大业，用这玉玺向袁术换了三千士兵、五百匹马。自此，孙策以这三千兵马为基，苦心经营，威霸江东，兵精粮足。在这场玉玺之争中，拥有玉玺的孙权、袁术都没有功成名就；为玉玺而用尽心机，想窃为己有的袁绍、刘表也没有功成名就；放弃玉玺的孙策却占据了江东，奠定了孙权的基业。这玉玺是什么，它只不过是块玉而已，绝对不是实力。

古代的君王有玉玺，官有官印，帅有令箭，当代的机关企业有印章，剑印玉玺象征着权力。但是，有权力的人使用剑印玉玺，剑印玉玺才象征权力，像孙策那样寄人篱下，毫无实权的人，他手中的玉玺就是一个虚名，当不得权力使的。孙策用一块当时没有什么用处的玉玺换来三千兵马，这笔生意太合算了。

我国有谚曰："名下无虚士。"负有盛名的人必定有真才实学。但是，也有的人"盛名之下，其实难副"。名不符实者有，沽名钓誉者有。人而爱名，无可厚非；进取功名，无可厚非。但是，爱名不可爱虚名，进取功名需正道直行，所作所为万不可偏离正道。

有些官员，处心积虑地企图捞一顶硕士帽、博士帽戴戴，但又不懂外语，便请人捉刀代考，后来东窗事发，丢了官，出了丑。

有人只管着"十来个人，七八杆枪"，便在名片上写上自己是××总公司的总经理，让人眼镜大跌；还有人居然大书自己是"著名企业家"之类，与此对比，有些货真价实的名人，其名片上仅印名字，什么头衔都不提，这才是大家风范。

有人热衷于官位职务之名，开会非主席台不坐，照相非前排中间位置不照，其实这都是虚名，传不得世的。那好汉武二郎征方腊之后誓不为官，人们还不是照样传他的英名吗。

花钱买来虚名，但斗大的虚名却不值钱。某市一濒临倒闭的酒厂早已元气大伤，却用金钱买虚名，一下子从曼谷酒饮博览会上同时捧回金、银、铜三个杯，但因酒质太劣，仍无人问津，三个虚名也扶不住“阿斗”。

“唐宋八大家”之首的韩愈当过监察御史，官位不小。韩愈因向皇帝提意见，被贬到八百里外的海边潮州去当地方小官。韩愈当时的心情十分不好，觉得活着实在没什么意思。但他到了潮州以后，发现当地情况比他的心情还要坏。韩愈觉得比之老百姓之苦，自己这点冤枉苦痛其实算不了什么。于是，他决心用自己的知识和能力为老百姓做点事。他到任之后，连续干了四件好事：一是驱除为害甚烈的鳄鱼；二是兴修水利，推广北方先进的耕作技术；三是赎放奴婢，禁止蓄奴；四是兴办教育，从韩愈被贬潮州再到离潮州而贬至袁州，八个月干了四件大事。当遭重贬、家破人亡之时，韩愈仍心系百姓，实在难能可贵。潮州有韩公祠，祠后之山称韩山，祠前之水称韩水，这姓韩的山、水、祠，不是纪念韩愈的官，也不是纪念韩愈的冤，而是纪念他八个月的功绩。

秦始皇时代，有个名叫邵平的人被封为东陵侯，够有名望的了。秦朝灭亡后，这东陵侯的名即成过眼云烟。官是当不成了，邵平便隐居京都郊野潜心种瓜。功夫不负有心人，邵平竟培育出一种优质瓜，取名邵平瓜，闻名遐迩。过了许多朝代，人们还对邵平瓜赞不绝口，可谁也不知道东陵侯为何许人也。

丈夫所贵在肝胆，企业所贵在优品，经营者所贵在务实，实力胜过虚名，斗大虚名值几个钱?

第二章 情商比智商更有效

猜疑者作茧自缚

——曹操多疑杀伯奢

时任典军校尉的曹操刺杀董卓未遂，被董卓遍行文书，画影图形捉拿，只得到处躲藏。曹操逃至中牟县，为守关军士所获，擒见县令。县令陈宫见曹操敢于为国除害，决定弃官与曹操一道回乡里，召天下诸侯兴兵共诛董卓。

行了三日，至成皋地方，到吕伯奢庄上投宿。吕伯奢是曹操父亲的结义弟兄，很有长辈风度，拜谢陈宫曰："小侄若非使君，曹氏灭门矣。使君宽怀安坐，今晚便可下榻草舍。"热情相邀，说毕又对陈宫说，"家中无好酒，我去西村沽一樽相待。"匆匆上驴而去。

曹操与陈宫坐着，忽闻庄后有磨刀之声。曹操说："吕伯奢与我非亲，此去可疑，当窃听之。"二人潜步入草堂后，听见有人说话："缚而杀之，如何？"曹操曰："今若不先下手，必遭擒获。"于是二人拔剑直入，不问男女，皆杀之，一连杀死八口，又搜至厨下，见一猪被缚待杀。陈宫极为后悔，说："你太多心，误杀好人了！"二人不便久留，急出庄上马而行。

行不到二里，碰到沽酒归家的吕伯奢，曹操一不做二不休，又挥剑将吕伯奢砍死。可怜一善良老者遭此毒手，真是好心没好报。陈宫责备曹操“大不义也”，引出曹操的两句话：“宁教我负天下人，休教天下人负我。”这两句话显现出曹操一切以自我为中心的处世哲学。

多疑是曹操的心理弱点，否则就不会轻率地杀掉忠心练兵的水军都督蔡瑁、张允了。用人不疑，疑人不用，既然用了就应当放开人家的手脚，相信人家。如果曹操不多疑，恐怕未必有赤壁大败。曹操因多疑，杀了夜间为他盖被的侍从，杀了为他治疗头疼病的神医华佗。由于曹操本人有“宁可我负天下人，不可天下人负我”的人生信念，总是以己心比人心，总怀疑别人要害他。正因为他的多疑，最后导致头疼病无人可医，气绝而死。

猜疑是建立在猜测基础上的，这种猜测往往缺乏事实根据，只是根据自己的主观臆断毫无逻辑地去推测、怀疑别人的言行。猜疑，一则对人的心理健康构成极大的危害；再则会陷入作茧自缚、自寻烦恼的困境中，导致自己的人际关系紧张，失去他人信任；三则给工作、事业乃至自身带来损失和灾难。而且，疑心的程度越重，其恶果就越大。

如果疑心病较重，乃至形成惯性思维，就会导致心理变态。疑心病重的人多敏感少快乐。人家一扬眉，他就觉得人家看不起他；人家一撇嘴，他就认为人家讨厌他；别人说的话本没有什么敌意，经他一扫描矛盾就出来了；别人说悄悄话，他便怀疑是在说他的坏话……一个人如果具有猜疑型性格，不但会影响工作，影响人际关系，影响家庭和睦，还会影响自己的心理健康。他既要对付那些夸大了的“敌意”，又要抚慰由此产生的痛苦，自身消耗很大。有的人患有疑心病症，无事生非，终日担心自己将有大祸临头，遇事往往自我断论，主观猜疑，杞人忧天，于是悲观消极，整日忧愁，精神萎靡不振，成天无病呻吟，结果弄假成真，反而闹出一身病来。所以长寿老人季羡林健身的“三不”政策中就有“不嘀咕”一策。疑心病会导致人生悲剧、家庭悲剧。莎士比亚著名的悲剧《奥赛罗》就写了这么一个事例，勇敢诚实的摩尔人统帅奥赛罗，中了狡猾残忍的小人埃古的奸计，误认妻子苔丝德蒙娜不贞，猜疑之火在埃古的煽动下越烧越旺，致使丧失理智，将妻子杀死，酿成悲剧。在证实了妻子的清白后，奥赛罗悔恨交加，自刎而死。猜疑病，断送了一个美好的家庭，同时也断送了一个英雄的事业。

培根说：“猜疑之心如蝙蝠，它总是在黄昏中起飞。这种心情是迷惑人的，又是乱人心智的。它能使你陷入迷惘，混淆敌友，从而破坏人的事业。”

因为多疑而导致败业的例子古今皆有。

战国初年，燕国的将军乐毅伐齐，攻下齐国七十多个城邑。燕惠王中了齐国将领田单的离间计，猜疑乐毅，乐毅恐遭杀戮逃到赵国。猜忌终会害人害己害国，燕国最终遭到惨败。战国时，赵王生疑撤掉大将廉颇，让只会纸上谈兵的赵括当大将军，结果在长平之战中，赵军大败，几十万赵国士兵被秦军活埋。长平之战，因为猜疑而用错一将，赵国从此元气大伤。隋文帝杨坚因对太子杨勇产生疑虑，使得杨广和杨素趁机夺取太子之位，隋文帝自己不明不白死去，隋王朝也葬送在杨广手中。明朝末代皇帝崇祯生性多疑，猜疑大臣，滥杀忠良。他中了皇太极的反间计，猜疑大将袁崇焕，将袁崇焕凌迟处死。崇祯因多疑而帮清军除去心腹大患。

疑心乃用人之大忌。诸葛亮、诸葛瑾两亲兄弟，一个在刘备处任军师，掌握军政大权，一个在孙权处任大夫，也身负重任。刘备、孙权对各自的部下十分信任，从不怀疑他兄弟二人里通外国。兄弟二人各为其主，都干得很出色。

猜疑似一条无形的绳索，会堵塞我们的思路，扰乱我们的理智，使我们远离朋友。猜疑心过重的人，会因一些根本不可能存在的事而忧愁烦恼，郁郁寡欢，其结果可能是无法结交到朋友，变得孤独寂寞，对身心健康都有危害。

怒气乃杀人一把刀

——张飞因怒身亡

张飞是一员猛将，立下战功无数，是刘备集团中的重要成员。但是，张飞极易感情冲动，暴躁成性，爱生气，却毫无控制情绪的能力，所以也经常惹祸误事。

关羽死后，张飞闻讯，旦夕号泣，血湿衣襟，每日酒醉，怒气愈加。帐上帐下，但有犯者即鞭挞之，多有鞭死者。如果说当时的刘备已丧失了理智，张飞则有过之而无不及。刘备准备统帅大军伐吴。张飞回到阆中下令全军：限三日之内制办白旗白甲，三军挂孝伐吴。第二天，部将范疆、张达向张飞请示：白旗白甲，一时无措，须宽限几天才行。范疆、张达的请示本合情合理，但张飞却大怒，把二将“缚在树上，各鞭打五十”。打得二人满口出血。鞭毕，以手指之曰：“来日俱有完备！若违了限，即杀汝二人示众！”二人寻思无活路，于是趁张飞大醉沉睡之机，杀害了张飞。后人诗曰：“伐吴未克身先死，秋草长遗阆地愁。”

因怒伤身的除张飞外，还有王朗、周瑜、孙策等人。

诸葛亮阵前骂王朗，长篇大论，用词犀利，针对王朗倚老卖老、虚荣心极强而心理素质极其脆弱的特点，攻其要害，行攻心之战，竟把魏国司徒王朗活活骂死。王朗又气恼又羞愧，怒火攻心，大叫一声，跌下马来，气绝而死。周瑜与诸葛亮斗智，三次皆输，怒火心中烧，壮志未酬身先亡。小霸王孙策英雄气盛，不能容人之长，看见百姓尊敬道士于吉，竟不能容忍，一怒再怒，盛怒暴怒，最后怒杀于吉，自己也因怒而亡。

因怒杀害他人的也有曹操。群英会蒋干盗书，中了周瑜之计。曹操生性多疑，一看蒋干偷来的书信，大怒，头脑冲动，丧失理智，立即将水军都督蔡瑁、张允斩首，成全了周瑜的“借刀杀人”之计。

因怒败业的人物更多。关羽被害，刘备先是悲不可止，后又怒不可遏，终于做出极不明智之举，出兵伐吴兵败，导致蜀汉元气大伤。

生气是人的一种情绪。喜怒哀乐，人之常情。但是，生气不但无助于问题的解决，反而使本来不如意的事情更加不如意。更严重的是，生气有三害：伤身，伤心，败业。

德国哲学家康德说：“生气，是拿别人的错误惩罚自己。”

俄国作家托尔斯泰说：“愤怒使别人遭殃，但受害最大的却是自己。”

达尔文说：“人要发脾气就等于在人类进步的阶梯上倒退了一步。”

怒气乃杀人败业的一把刀，有三害：

一害乃伤身。发怒，不仅是强化诱发心脏病的致病因素，而且会增加患其他病的可能性，它是一种典型的慢性自杀方式。

现代医学证实，生气动怒对人体健康至少有十害。一害肝脏，怒则肝气不顺，肝胆不和，易患肝病；二害呼吸系统，怒则气促胸闷，危及肺脏；三害消化系统，怒则致胃黏膜充血，食欲不振，易发生胃溃疡；四害血管系统，怒则心跳加快，血管收缩，血压升高，诱发心脏疾病；五害神经系统，怒会引起神经衰弱；六害肾脏系统；七害泌尿系统；八害皮肤；九害内分泌系统；十害最甚，怒会引发猝死，王朗就是猝死。日常生活中因大怒而面红耳赤，心悸血涌，导致伤身者并不少见。

怒气是一种毒气。美国生理学家爱尔马，为研究生气对人健康的影响进行了一个很直观的实验：把一支玻璃试管插在有冰有水的容器里，然后收集人们在不同情绪状态下的"气水"。结果发现：即使是同一个人，当他心平气和时，所呼出的气成水后，澄清透明；生气时则有紫色沉淀。爱尔马把人在发怒时呼出的"生气水"注射到大白鼠体内，12分钟后，大白鼠竟中毒而死。爱尔马进而分析：一个人生气10分钟，所耗费的精力，不亚于参加一次3000米的赛跑；人生气时会分泌有毒性的分泌物，经常生气的人自然难以健康长寿。

二害乃伤心。经常发怒的人，心理素质降低，越来越难以承受来自各方的压力。头脑因冲动而不冷静，思路不再清晰，言语不再流利，常常越想越窄，易患心理疾病。更有甚者，因怒而丧失理智做出荒唐事，一怒留下千古恨。

由于种种原因，诸如工作不顺利、同事关系不和谐、工作太劳累、孩子不听话、夫妻双方意见不统一等，偶尔动动肝火、发发脾气也是人之常情，但脾气暴躁对工作、对家庭、对自己都是有害无益的。人的身心是一个密不可分的整体，身体的状况和心理精神相互影响，当它处于平衡协调状态，人就会健康；一旦它失去自身的平衡，人就发生一系列的生理和心理上的疾病。只有心绪平衡时，人体内各器官之间才能更有效地相互协作完成各项生理活动，身心才会感到愉快、舒畅。

三害乃败业。在日常生活中我们常常有这样的经验，当心烦意乱时，要么什么事也做不成，要么做事总是出错，而心情稳定平静、注意力集中时，做事得心应手，又好又快。

如果你是一位领异者，要作出重大的决策，牵系着千百人的安危，更不能挟怒决策。一个人一生中有诸多的烦恼。领导者非圣非贤，又非修行多年的高僧，更不是不食人间烟火的神仙，和一般人一样，也有七情六欲，所以在处人处事中难免有过度的情绪。人有情绪是正常的，但不应受情绪牵制、困扰。每个人都会有冲动的时候，能够控制冲动才是成熟的标志。

保持心平气和除了自身感到舒心和谐外，也使周围的人舒畅。反之，如果一个人总是怒气冲冲，这不仅会伤害自己的身心健康，还会与他人产生矛盾，工作和生活可能会因此变得纷乱和不安。

怒，是一种富有冲动性的情绪。怒的缘由很复杂，一般来说，在遇到挫折或被人恶意中伤而造成不幸等情况下最易发怒，如受人欺侮或欺骗、言行遭反对、权利被侵夺、秘密被泄露、善意被误解等。

怒的强度，从轻微的不满、生气，到愠怒、激怒，到大怒、暴怒。怒作为人的心理过程，是人的自卫本性，一味逆来顺受的人，必受人侵害。适度的怒，对体力活动、脑力活动都有适当刺激，有利于行为效率，如发愤图强。怒作为一种情感的发泄，在某些情况下，对抑郁的情绪、重荷的心理，有疏导、松缓作用。然而，过度的怒则伤身、伤心、败业。因此，历来提倡“制怒”。

清末文人阎景铭写过一首“不气歌”，颇为风趣：“他人气我我不气，我本无心他来气。倘若生气中他计，气出病来无人替。请来医生将病治，反说气病治非易。气之危害太可惧，诚恐因气将命废。我今尝过气中味，不气不气真不气！”

要使自己少生气、不生气，首先要心胸开阔，宽宏大量，凡事想远点、想开点，不斤斤计较细枝末节。其次，要与人为善，对别人多一点理解，多一点宽容。再次，要学会制怒，善于控制和调理情绪。

头脑清醒才有正确决策

——徐庶糊涂一时

刘备拜徐庶为军师，徐庶破了曹仁的八门金锁阵，大败曹军。曹操闻徐庶才高识广，想招用徐庶。谋士程昱献计曰："徐庶为人至孝，幼丧其父，只有老母在堂。现今其弟已亡，老母无人侍养。承相可使人赚其母至许昌，令作书召其子，则徐庶必至矣。"曹操即派人星夜去取徐母。

徐母根本不买曹操的账，不但拒绝写信给徐庶，而且痛骂了曹操为汉贼，又用石砚打曹操，曹操大怒，令武士斩徐母，被程昱劝止。后来，程昱日往问候徐母，时常馈送物件，徐母亦作收据答之。程昱赚得徐母笔迹，诈修家书一封，告诉徐庶："若得汝来降，能免我死。如书到日，可念劬劳之恩，星夜前来，以全孝道。"

徐庶接到书信后，泪如泉涌，立即与刘备辞行。徐庶赶到许都见到老母，谁知徐母勃然大怒，骂徐庶："今凭一纸伪书，更不详察，遂弃明投暗，自取恶名，真愚夫也，吾有何面目与汝相见？汝玷辱祖宗，空生于天地间耳！"徐母转入后堂自缢身亡。

徐庶的智商很高，但情商却低，一遇急事、烦心事，六神无主，心乱如麻，控制不住情绪，头脑一乱，再聪明也理不出头绪来，做了错误的决策。其实，凭徐庶的机智，如果心态平和，处乱不惊，一可察出书信真伪，二可做出正确判断。其实，徐庶若不去许都，曹操也不会加害徐母的。因为曹操若杀徐母，一则招不义之名，二则徐母既死，徐庶必死心助刘备以报仇。而留徐母，使徐庶身心两处，纵然助刘备也会因惦记老母安危而分心。这样的道理，一般人都会知晓，何况徐庶？只是徐庶当时头脑已很不清醒，才犯下这“低级错误”。

人的身心是一个密不可分的整体，只有心绪平稳时，人体内各器官间才能更有效地相互协调，才有可能做出理智的决策。

人在什么时候容易出错呢？

太忙——忙得手脚不停，一件事还没忙完又忙上第二件，忙得像陀螺一样，头脑没有一点儿思索的间隙，容易“忙中出错”。

过急——一急便容易图快，头脑发热，忘记了方方面面，容易失衡。

狂喜——获得意外的收获时，情绪容易失控，容易由惊喜转入狂喜，进而忘乎所以，失去理智，以至做出蠢事。范进中举便是一个典型的例子。

大悲——过度的悲痛会使人精神消极、情绪低沉，头脑因悲而麻木，脑子里除了悲之外一片空白。

盛怒——盛怒者头脑冲动而不冷静，思路不再清晰，一旦“怒从心头起，恶向胆边生”，就难免闯祸，小者损己伤人，大者祸国殃民，一怒留下千古恨。

太忙、过急、狂喜、大悲、盛怒的状态下，头脑都不清醒，在这种状态下做决策会出大事的。曹操盛怒决策，杀了蔡瑁、张允；刘备大悲决策，伐吴输了老本。

德国哲学家叔本华说：“人们不受事物影响，却受到了对事物看法的影响。”

心开，路就开；心卡死，路就卡死。徐庶的失误绝不是因智能不足，而是心态消极，在困境面前慌了手脚，乱了方寸。

头脑不清醒时，绝对不可做决策。怎么办呢？不妨放下心头事，松弛一下，倒有可能“山重水复疑无路，柳暗花明又一村”。

明朝松江太守赵豫，有一个特别的断案法则：每次见到告状人，总以“明日来”三个字打发其回家。开始，人们都不理解，还以为太守不敬业。于是，有了“松江太守明日来”的噱语。但赵太守有他的道理：来告状的人，并不一定因为事态有多么严重，有的是因为一时咽不下那口气，头脑发热，如果让他回去待一个晚上，说不定怒气自消，觉得这么点小事不必去告状，就会消除矛盾。

赵太守的“明日来”，是一种冷处理的“缓冲术”。这一办法虽不是“万能”，但在相当多的情况下有效。我们有时遇到一些烦心的事，由于自己心烦气躁，感情冲动，立即处理极可能失当；我们有时遇到一时解不开的难题，由于头脑过于疲劳甚至麻木，左思右想均无效，此时，不如放下烦心的事或难解的题，睡上一觉，或干点别的事，说不定明天一觉醒来，头脑中充满了灵感，问题已解开大半了。

实际上，允许自己“拖到明天”与动员自己“只争朝夕”一样，都是一种人生的智慧。

急躁、盲动非智者所为
——两个“耐性”挫败了一个“急性”

急躁，其实是不愿意等待；耐心，其实是静静等待。历史上，以“耐”克“急”的例子很多。三国演义中曾有孙权、陆逊两个“耐性”挫败了一个“急性”刘备的精彩故事。

刘备执意伐吴，誓为关羽报仇，统精兵七十余万，御驾亲征。刘备大军，兵强马壮，自出川以来，所到之处，吴兵望风而降。蜀军威风凛凛，江南诸将无不胆寒。东吴儒将陆逊受命于危难之中，任大都督，督军破蜀。陆逊按兵不动，采取以慢对急、以柔克刚的战略，虽被部下笑其懦，但仍不改初衷。陆逊这是等待时机。

此时，陆逊除了等待竟没有其他的路。因为进，时机不到，刘备自起兵以来，连胜数阵，气势甚大，锐气凌盛，东吴若想以硬对硬，恐不是对手；退，正好给刘备让出一条杀路，东吴的损失太重，只有等待时机一条路。

陆逊的战术受到部下的质疑。陆逊传令，教诸将各处关防，牢守隘口。众皆笑其懦，不肯坚守。老资格将军韩当、周泰提出质问，诸将皆要求出战。陆逊掣剑在手，厉声曰：“汝等只各守隘口，牢把险要，不许妄动，如违令者皆斩！”众皆愤愤而退。

陆逊的等待受到刘备方蜀军辱骂的挑战。蜀兵到关前挑战，耀武扬威，辱骂不绝；多有解衣卸甲、赤身裸体、或睡或坐以示轻视之意。东吴诸将皆怒，陆逊仍不言出战。

陆逊等待了七八个月之久，等到蜀兵锐气已挫，疲惫懈怠，不复提防。陆逊见时机已到，不再等待了，他利用顺风放火，火烧连营七百里，将刘备一军人马，烧得“死尸重叠，塞江而下”，终于取得夷陵之战的胜利。

值得一提的是，在陆逊坚守之日，诸将皆上书吴主孙权，言陆逊懦，但孙权不信。没有孙权的耐性，也就没有陆逊的耐性。物理学上有一个力学概念，叫作冲量，冲量是作用力与作用时间的乘积。作用时间越短暂，冲力越大，不易抵挡；反之，作用时间越长，冲力则越小。刘备的气势，如同冲量，耗它七八个月，兵力自然削弱。陆逊的耐性，实乃一种大本事。

相反，刘备却犯了急躁、盲动的毛病。刘备意气用事，以感情取代理智，一遇悲痛大事，耐性全无，只是一个劲儿的恨、急。于是，先有“急兄仇张飞遇害”，又有“雪弟恨先主兴兵”。历史上因急生祸、以躁引患的例子数不胜数。

缺乏耐性就会缺乏理性思考，缺乏准备，失掉机会，就会功亏一篑，就会失之毫厘谬以千里。该慢的时候还得慢着，该等的时候还得等着，急不得！“心急吃不了热豆腐”，“火候不到不成丹”。西班牙有一句谚语：“匆忙的人先到坟墓。”中国公路的边坡上，也经常能见到“十次事故九次快”的标语。

在我们的一生中有许多无奈，对于无奈，急躁不得。所谓无奈，即我们自己不能主宰的、人力无法挽回的失败、失意或不幸。

谁也不愿意生病住院，但若真住了院，可不就得“既来之，则安之”，急躁不得，安心养病，与医生配合，按下一颗烦躁的心。生病，三分靠医，七分靠养，不能安下心、静下心来养病，精神就会消极，精神一消极，体内的抗病“部队”也就打不起精神，作为外因的药物就只能孤军奋战，作用不大，更何况外因要靠内因才能起作用。

急躁的人像控制不住情绪的野马，常常凭一时冲动，凭意气行事，痛快倒是一时痛快，但却造成公共关系的伤害，招致生活、工作中的损失。有的人，忍耐不了一丁点儿的偏颇，因为受了上司一点儿过激的批评，便情绪冲动，愤然一走了之，丢了工作，生活从此漂泊无着，一步步陷入困境。

人们最容易犯的错误，就是只注意目标的必要性而忽视了目标实现的可行性。必要性和可行性是两个不同的概念，互相不能取代。只凭一股热情，一时冲动，不管三七二十一先干起来，急于求成，十有八九会碰壁的。任何一种事物的发展都有自身的规律，主观意愿无法取代客观的规律，只能量力而行，循序渐进，想拔苗助长，非饿肚子不可，想一口吃成胖子，非吃出毛病不可。

优柔寡断，机会丧尽

——袁绍当决不决

有一种性格叫优柔寡断。这种性格的人在要做关键决策时，不果断，东顾西盼、左思右想。这么干不好，那么干也不好，前怕狼后怕虎，总是犹豫不决，在该出手时总是不出手，这类性格的人总是与成功无缘，因为他们总是抓不住机会，机会来了又会被他们放走。

优柔寡断，成事不足，败事有余。

曹操欲进攻徐州的刘备，谋士程昱说："若我一旦东征，刘备势必向袁绍求救，袁绍一旦趁许昌空虚来袭，何以当之？"曹操对袁绍的性格太了解了，曹操认为袁绍力量虽然强大，但袁绍处事多怀疑不决，不足忧乎！曹操的另一位谋士郭嘉也认为："袁绍性迟而多疑，不足忧也。"曹操于是起大军二十万，分兵五路下徐州。

袁绍的谋士田丰劝袁绍乘许昌空虚之机，发兵进攻许昌，上可保天子，下可以救万民。田丰认为这是千载难逢的机会，必须抓住这个机会。袁绍也知道这是讨伐曹操的绝好良机，十分难得，但是他最心爱的幼子患疥疮，他心中恍惚，不肯发兵，结果坐失良机。如果此次袁绍破了曹操，绝对不会有数年后的官渡大败、仓亭大败。

昔日汉初三杰之一的韩信，有坚毅的性格，不惜胯下受辱，忍小而图大谋，功成名就后，不但不报复那个小无赖，反而给了他赏赐，还封了个小官，好大的气度。韩信的性格也有负面的东西，关键时刻婆婆妈妈，明明可以利用天赐良机与刘邦、项羽三分天下，却犹豫不决，当断不断；刘邦建汉后却又听任别人挑唆，在叛还是不叛之间摇摇摆摆，莫衷一是，一个大英雄最后被吕后擒杀。

昔日唐初宣武门之变时的李世民，也曾出现过优柔寡断的性格障碍。太子建成与齐王元吉已定下密计，要杀世民及秦王府的骁将，态势十分紧张。长孙无忌说：“莫如先下手为强。”世民说：“骨肉相残，自古以来罪大恶极。虽知祸已临头，可是也要等他们开始行动，然后以义师之名讨伐之，才是上策。”李世民的谋臣武将均主张先发制人。尉迟敬德说：“处事疑虑不决，非智也；遇到困难踌躇不前，非勇也。”于是，李世民决定发动玄武门之变，除掉建成、元吉。假若在玄武门之变那种危机情况下，李世民不能当机立断，就不可能掌握先机制胜。中国唐朝那一段历史就会改写，贞观盛世也就不会出现了。

优柔寡断性格起因有三：

一为自卑、懦弱，不相信自己的判断，不相信自己的能力，做事没有信心。自卑使他们干什么都拿不定主意。优柔寡断性格的人大多数成不了大事，这并非他们缺乏做大事的能力，而是他们缺乏自信，在做与还是做之间举棋不定，在什么时候做的问题上举棋不定。其实，事情摆在面前时，如果你的第一反应是我行、我能，那么你就会付出自己最大的努力去面对它。

二为惰性、拖延。需要做的事，今天拖明天，明天拖后天，拖到非办不可的最后期限。其实，早干晚干都不能不干的事，不如早干；欠人家的情，早还情晚还情都必须还，不如早还。在某种程度上讲，拖延与惰性是相一致的，这是很多人的性格弱点。

三为苛求“万全决策”。在我们的生活中不乏一些优柔寡断的人，他们无论大事小事都难以作出决定，究其原因，因为他们总希望作出正确的选择，他们以为通过推迟选择便可以避免犯错误，从而避免忧虑。

任何决策者都希望成功的把握大一些，失误少一些，方方面面稳妥一些，万全之策固然不错，但是决策的优越性和可行性是在一定时间和空间存在的。议而不决、优柔寡断，拖延决策及所订方案的实施过程，就会时过境迁而使原来的最佳方案失去根据。俗话说，机不可失，时不再来，因决策优柔寡断而丧失良机，可能会悔恨终生。

必须控制虚荣心
——关云长喜戴“高帽”

关羽领兵围樊城，东吴都督吕蒙见是个机会，想趁关羽不在荆州之机，袭取荆州。吕蒙见荆州军马整肃，预有警戒，沿江上下，或20里，或30里，高阜处各有烽火台，荆州极难攻取。吕蒙寻思无计，乃托病不出。

陆逊奉孙权之命去看望吕蒙。陆逊对吕蒙说：“我有一方，能治你的病。你的病，不过因荆州兵马整肃，沿江有烽火台。我有一计，可使荆州守军束手归降。”吕蒙惊谢曰：“伯言（陆逊）之语，如见我肺腑。愿闻良策。”陆逊曰：“关羽倚仗英雄，自以为天下无敌，所虑者惟有将军。将军趁此机会，托病辞职，把重任让给别人，让别人以谦卑之辞赞美关羽，以骄其心，关羽必然尽撤荆州之精兵去攻打樊城。趁荆州力薄而无备，我们用一旅之师，出奇计以袭之，则荆州必在我们掌握之中。”

于是，吕蒙托病不起，上书辞职，返回东吴首都建业（今南京）养病。吕蒙建议孙权，不可用有名望的人代替他，因为若用望重之人，关羽必然提防。陆逊是个人才，但没有名望，关羽不会提防他，可让陆逊接替他的职务。孙权让陆逊作右都督，代吕蒙镇守陆口。

陆逊为了进一步麻痹关羽，使用了假和好、真备战的两手策略。他派使者带着名马、异锦、美酒等物，赴樊城见关羽。使者带上陆逊给关羽的信，在信中陆逊夸耀关羽的功高威重，可以与晋文公和韩信齐名，说自己是个无能的书生，全靠关将军的威望，并千方百计地把关羽的注意力引向曹操一方。与此同时，东吴又暗中和曹操拉关系，以避免两面作战。

关羽被陆逊捧得心里很舒服，轻信了陆逊的虚情假意，再加上他一贯骄傲，根本瞧不起陆逊这样的书生，对东吴不去防范，把荆州大半兵马调赴樊城。就在关羽无视东吴，集中力量攻打樊城时，吕蒙点兵三万，快船八十余只，把战船假扮成商船，悄悄地率领大军沿江而上，以突然袭击的方式夺取了荆州城。陆逊“笑里藏刀”之计取得了成功。

关羽由于虚荣心太强导致了麻痹轻信，由于轻信而中了陆逊“笑里藏刀”之计。关羽喜欢戴“高帽子”是由来已久的了。诸葛亮对关羽的虚荣心最为了解。刘备平定益州后，封马超为平西将军。关羽不太服气，派关平进川要求：“知马超武艺过人，要入川来与之比试高低。”诸葛亮哪能让关羽入川，一则怕两虎相斗必有一伤，而则也怕伤了和气，更重要的是怕荆州有失。但是，如果直接以守荆州重任在身为名不准关羽入川，关羽必不服气，所以诸葛亮写了一封信让关平带回：“亮闻将军欲与孟起分别高下。以亮度之，孟起虽雄烈过人，亦乃黥布、彭越之徒耳；当与翼德并驱争先，犹未及美髯公之绝伦超群也。今公受任守荆州，不为不重；倘一入川，若荆州有失，罪莫大焉。惟冀明照。”几句话说得关羽心花怒放，满腹不平一扫而光，看完信后自绰其髯笑曰：“孔明知我心也。”将信交给大家看，从此再无入川比武之意。

这一段描述，既说明关羽心高气盛，太好虚荣，又说明诸葛亮利用了关羽的虚荣心，在恭维的同时进行规劝，产生了极好的规劝效果。

法国哲学家柏格森说："虚荣心很难说是一种恶行，然而一切恶行都围绕着虚荣心而生，都不过是满足虚荣心的手段。"

林语堂在《吾国与吾民》中说：统治中国的三位女神是"面子、命运和恩典"。"讲面子"是中国人的一种普遍心理，面子其实是透过他人折射出的社会地位，是建立在他人认可基础上的自我认定，是一种虚幻荣誉。这种荣誉如果得不到尊重，就会被认为丢面子。有时候为了挣面子，还要"打肿脸充胖子"。

有的人即使债台高筑，也要挥金如土，与别人比吃、比穿、比用、比铺张、比气派；当官的比轿车、比住房、比待遇、比级别；有的人在操办红白喜事时，讲排场、摆阔气；在住房装修中，比豪华，比阔气。所有这些，其目的都是希望他人将目光聚集在自己身上。有些人四处吹嘘是某官员的亲戚、朋友、同学，有些人在自己名片上冠以夸大不实的"头衔""职称"，有的人极热衷于自己被列入"名人辞典""××家名录"等一文不值的虚名，以求得心理上的满足。

虚荣心虽然可以一时得到某种情绪上的满足，但常常会死要面子活受罪。生活中的一个重大错误就是为了虚荣而不自量力地与人家攀比。有太多的人所以买这买那，是因为他的邻居或同事买了。有太多的人所以干这干那，是因为人家干了。人家送孩子学钢琴、学画画，自己也逼着孩子学钢琴、学画画，觉得不这样做自己没有面子，可是强孩子所难，弄得大人孩子都不开心。虚荣心让你无法获得快乐，因为你所过的是别人的生活，别人的生活未必适合你。

"高帽子""奉承"使许多人感到心里舒服，被吹得晕乎乎的，几乎分辨不出真假善伪。陆逊送给关羽的“高帽子”，关羽不就是因为舒服而欣然接受了吗，从而只见到“笑”，未见到“刀”。通常人们喜欢高帽，是因为每个人都渴望被肯定和被赞美，而高帽正好迎合了有些人喜欢奉承的心理。因此，曾经有一则寓言就警示人们不要轻信奉承：乌鸦因为轻信了狐狸的奉承，丢掉了自己的干奶酪。

狭隘性格的悲剧

——曹真、王朗之死

《三国演义》中，诸葛亮善于利用对手的心理缺陷而克敌，例如，三气周瑜，骂死王朗，气死曹真。诸葛亮一封信气死曹真，正是利用曹真心胸狭窄的性格弱点。

诸葛亮出师北伐，夺取了魏国重地汉中，魏国统兵的大将都督曹真和大将军司马懿率四十万大军西征，诸葛亮大破魏军，又夺取了战略要地祁山。曹真因此染疾，卧床不起。诸葛亮修书一封，让被俘的魏兵带给曹真，信中写道："窃谓夫为将者，能去能就，能柔能刚；能进能退，能弱能强。不动如山岳，难测如阴阳；无穷如天地，充实如太仓；浩渺如四海，眩曜如三光。预知天文之旱涝，先识地理之平康；察阵势之期会，揣敌人之短长。嗟尔无学后辈，上逆穹苍；助篡国之反贼，称帝号于洛阳；走残兵于斜谷，遭霖雨于陈仓；水陆困乏，人马猖狂，抛盈郊之戈甲，弃满地之刀枪；都督心崩而胆裂，将军鼠窜而狼忙！无面见关中之父老，何颜入相府之厅堂！史官秉笔而记录，百姓众口而传扬：仲达（司马懿）闻阵而惕惕，子丹（曹真）望风而遑遑！吾军兵强而马壮，大将虎奋以龙骧；扫秦川为平壤，荡魏国作丘荒！”

诸葛亮的信大肆挖苦曹真，说曹真不懂军事，不懂天时、地利，不会用兵打仗，丢失了汉中，又败于上方谷，狼狈鼠窜，羞耻而病，有何脸面见汉中父老！有何脸面再回到相府！诸葛亮把曹真说得一无是处，堂堂大都督简直就是个窝囊废！

曹真见信后恨气填胸，怒火上升，更加羞愤，到晚上便气死于军中。曹真之死，是因为他胸怀狭窄，度量小，不能忍耐，被诸葛亮抓住了这个弱点，趁他疲病交加，几句恶言恶语就把他气死了。

《三国演义》中还有几位人物，非战而死，非病而亡，而是因怒而死，用现代人的话说，这些人的情商太低，他们都性格狭隘。

东吴孙策，少年英雄，人称小霸王。看见江东百姓尊敬道人于吉，竟不能容忍，一怒再怒，盛怒暴怒。人家于吉又没招你惹你，不就是受众人尊敬吗？你当你的东吴王，人家当人家的道士，本来井水不犯河水，至于怒杀于吉吗？孙策自己也因隘量而亡，年仅26岁。

江东周公瑾，文武双全，风流倜傥，赤壁大战击溃不可一世的曹操百万大军，谈笑间，樯橹灰飞烟灭，何等雄姿，可惜心胸狭窄，老想不明白为什么天外有天，人外有人。因此，一败再败在诸葛亮手下后，竟被诸葛亮气死，吐血而亡，英年早逝，只活了36岁。

魏国司徒王朗，年高已76岁，这么大的年纪本来应把什么事都看得很透，平淡处事，对身外之事应看得很轻。但王朗倚老卖老，虚荣心极强且心理素质极差，竟然在两军阵前，被武乡侯诸葛亮痛斥加嘲弄，又气又恼又羞愧，怒火攻心，大叫一声，跌下马来，气绝而死。

《三国演义》中上述几位人物之死，说明了一个问题：欲成事业，欲健康长寿，应当拥有一个良好的性格、良好的心态。性格学专家发现，性格开朗的人，其新陈代谢率较高，内分泌系统平衡协调，各项生命指标，如血压、脉搏等相对稳定；而心胸狭隘、性情忧郁的人，其状态正好相反。

量大福大，是古人传下来的一句话。这句话不仅是人们的美好愿望，而且也是真理。

量大者心宽，心宽者快乐。量大者对别人谦让、施舍、谅解、友善，善待他人，自己的身体同样是量大的受益者。善待他人能建立良好的人际关系，给自己带来良好的感受。现代行为医学的研究表明，良好的人际关系感受有助于大脑产生有利于免疫系统的化学物质。

量大者总是快乐，快乐的心境有益健康。人活在世上，只有短短的七八十年，理应轻轻松松、快快乐乐地度过。但有人却常常会因为狭量而烦恼，比如吃了一次亏、听到一句刻薄话、遭了一次白眼、坐了一次冷板凳、受到一次误会等，诸如这样的小事，大可不必事事怀记心中。在现实生活中，一些量大心宽、与人为善、心境平和的人，心中无烦恼，不为贪欲所苦，不为争强逞能所累，即使终日劳作，三餐粗茶淡饭，也活得健康长寿。反之，心胸狭隘之人，愁事烦心事多，经常彻夜不眠，神经衰弱，爱发脾气、生闷气、愁眉不展，结果导致内分泌紊乱，容易过早衰老。

我们在实际生活中，待人要宽容。常言道，化干戈为玉帛者是机智坦荡之人，化仇恨为友情者是胸怀博大之人。忍一时之怨恨，能使人终身受益。人与人之间难免会出现一些磕磕碰碰，如有的人伤了自己的面子，有的人让自己下不来台，有的人当众给自己难堪，有的人对自己抱有成见，等等。如果非要“针尖对麦芒”，来个针锋相对，以牙还牙，以眼还眼，反而会把事态扩大，把本来不大的矛盾激化，于人于己都没有好处。

我们在实际生活中，处世要豁达，胸怀要宽广，能容人，能容事，能容批评，能容误解，能容挖苦嘲弄，“退一步海阔天空”，大度能容天下事。

嫉妒是痛苦的制造者

——周瑜妒火烧了自己

周瑜才智过人，文武双全，忠心耿耿，可是他有一个最大的性格缺陷，就是心胸狭隘，不能容人之长。周瑜自认为智谋天下第一，看到诸葛亮处处比自己高明，妒火中烧，总想杀诸葛亮而后快。

赤壁大战前，孙权权衡利弊，决定抗曹，封周瑜为大都督。周瑜向孔明讨求对策，孔明认为现在决断为时尚早，因为孙权心尚未稳。周瑜不解地问："何谓心不稳？"孔明曰："心怯曹兵之多，怀寡不敌众之意，将军能以军数开解，使其了然无疑，然后大事可成。"果然，周瑜按照孔明事先所言，针对孙权所疑进行开解。孙权的抗曹信心坚定了，而且决定亲自上阵，为周瑜做好后应。孔明为周瑜出了一个好主意，但周瑜却暗忖："孔明早已料着吴侯之心，其计画又高我一头，久必为江东之患，不如杀之。"多亏鲁肃极力劝阻，但周瑜杀机已存。

周瑜对孔明久存杀机，表面上的理由是除去孔明这个江东之患，其内心世界里不可告人的想法是不能容别人比自己强，妒心太盛。周瑜嫉妒孔明，千方百计地陷孔明于死地，但均被孔明破解，孔明活得好好的，周瑜的妒火却烧毁了自己的生命。

狭隘与嫉妒总是紧紧相连的。嫉妒的根源，在于极端的个人主义，心胸狭窄，目光短浅。在个人私欲受到他人的强烈抑制和阻碍时，嫉妒的烈焰就将点燃，当窥视已久的权位、垂涎已久的名誉、渴求已久的利益将得未得时，遇到一个强有力的竞争者，或者被人限制或击败时，妒火就将熊熊燃烧，扑向对方。

哪些人最爱患嫉妒病呢?

第一种人是骄傲的人，因为他一贯认为自己是最强，他最嫉恨别人比他高明，当他看到别人也能做出他所做过的一件工作，当他看到别人做的事情比他强，当他看到别人受到大家的交口称赞，妒火立即燃起。周瑜属于这种人。

第二种人是好逞强的人。好胜心是需要的，但过度的好胜心则是一种虚荣和轻浮，什么都想比别人高强的人，事事好胜的人，常善嫉妒者。周瑜也属此种人。

第三种人是贪心太重的人，这些人争名于朝，争利于市，争风吃醋于情场，争权夺利于官场。妒火常因欲为己有所引发。

第四种人是无所事事的人。因为他们有充足的时间去道听途说，散布流言，中伤别人。真正的奋斗者、成功者是无暇嫉妒别人的。爱因斯坦、居里夫人等人终日奋斗，谁都不是嫉妒某人取得成功的。

第五种人是缺乏自信的人。因为自卑，也希望别人同样不自信。所以，黑格尔说："嫉妒是平庸的情调对卓越才能的反感。"

嫉妒是一种强烈而持久的消极恶劣情绪，当它主宰情绪时，实际上嫉妒者已经在支付成本了，支付多少，取决于嫉妒持续时间的长短。嫉妒持续的时间越长，嫉妒者支付的成本就越多。在一个人嫉妒他人时，嫉妒者实际上丢失了很多东西，等于放弃了良好的心境，悠闲、愉快的心情，平和的心态，思考其他问题的时间及积极竞争的计划……这些都属于嫉妒所要支付的成本。嫉妒别人不但害人而且害己。嫉妒者必自我忧愁，他受到的痛苦与煎熬比任何人遭受的痛苦更大，别人的任何一点幸福都会使他痛苦万分，由于嫉妒而不能自制，有人甚至走向犯罪的深渊。

更重要的是，一旦沾惹上深度嫉妒，还可能付出生命为成本。周瑜嫉妒诸葛亮，孙策嫉妒道人于吉，其妒火烧了自己，断送了性命。水泊梁山上的白衣秀士王伦嫉妒林冲，嫉妒晁盖等七雄，最后让忍无可忍的林冲杀了。《红楼梦》中的妒妇夏金桂，妒心太重，心地太恶，一心想把香菱害死，最终害人不成，反而自戕。战国时期的庞涓嫉妒孙膑，孙膑被害残疾，但庞涓在马陵道也付出了生命为成本。汉文帝、景帝的丞相申屠嘉，据《史记》记载，其为人廉洁正直，是个“好官”，但他有强烈的嫉妒心，他嫉妒晁错，妒火难息，竟然气得吐血而死。南宋的张俊，本是与岳飞、韩世忠齐名的三位抗金大将之一。为什么他也和秦桧夫妇、万俟卨一起，永远跪在岳飞墓前，遭万人唾骂，遗臭万年？他与秦桧原来并不是同类人，但因为他嫉妒心强烈，个人私欲恶性膨胀，竟同秦桧等人合谋害死岳飞。

嫉妒者害人害己，在伤害别人的同时，也伤害了自己，并向世人宣告自己的无能。看见张三在某一方面比自己强，嫉妒得要命；看见李四在另一方面比自己强，又气得要死。整天气恼、烦闷、焦虑，能好受得了吗？身心能不受损伤吗？一个受妒火煎熬的人，难以从痛苦的深渊中自拔。嫉妒使同僚不容，使伙伴相拼，使领导者对部属贤能如临险敌。一些嫉贤的领导者最怕下属“功高盖主”。嫉贤乃用人之忌，它会使人才寒心，用人者众叛亲离，身边的人才外流，外面的人才不敢趋近，最终的结果是大业难成。

我们宁可被人妒忌也莫嫉妒别人。被人妒忌，说明自己的存在有价值；妒忌别人，则害人又害己。

既生瑜何生亮——周瑜被气身亡

狂妄是一种情绪失常

——祢衡“腐儒舌剑，反自杀矣”

曹操在官渡之战前，想联合刘表抗击袁绍。谋士孔融推荐祢衡，要祢衡去说服刘表与曹操联合。

曹操让人召祢衡来到丞相府。祢衡见礼毕，曹操却不请他坐。祢衡便仰天长叹：“天地虽阔，何无一人也！”曹操听罢不高兴地说：“吾手下有数十人，皆当世英雄，何谓无人？”祢衡说：“愿闻。”

曹操大谈手下高手，如数家珍。曹操说：“荀彧、荀攸、郭嘉、程昱，机深智远，虽萧何、陈平不及也。张辽、许褚、李典、乐进，勇不可当，虽岑彭、马武不及也。吕虔、满宠为从事，于禁、徐晃为先锋；夏侯惇天下奇才，曹子孝世间福将——安得无人？”

祢衡嘲笑说：“公言差矣！此等人物，吾尽识之：荀彧可使吊丧问候，荀攸可使看坟守墓，程昱可使关门闭户，郭嘉可使白词念赋，张辽可使击鼓鸣金，许褚可使牧牛放马，乐进可使取状读诏，李典可使传书送檄，吕虔可使磨刀磨剑，满宠可使饮酒食槽，于禁可使负版筑墙，徐晃可使屠猪杀狗；夏侯惇称为‘完体将军’，曹子孝呼为‘要钱太守’。其余皆是衣架、饭囊、酒桶、肉袋耳！”

曹操大怒，问祢衡：“汝有何能？”

祢衡说：“天文地理，无一不通；三教九流，无所不晓；上可以致君为尧、舜，下可以配德于孔、颜。岂与俗子共论乎！”张辽气不过，要拿剑杀祢衡。曹操劝止，让祢衡当一个鼓吏。

祢衡仍不知收敛。曹操命祢衡击鼓，祢衡裸体击鼓、斥骂曹操，把曹操贬得一无是处。曹操欲借刀杀人，便让祢衡出使荆州。曹操知道祢衡这种狂妄之人到哪里也不会受欢迎。果然，祢衡到了荆州后又把刘表挖苦了一番。刘表也不想自己杀祢衡，又让祢衡去见黄祖。

黄祖问祢衡许昌那里有什么人才。祢衡说，大儿孔文举（指孔融），小儿杨德祖（指杨修），其余都不是人物。黄祖问：“你看我是什么样人物？”祢衡傲慢地说：“你就像庙中神，虽然受到祭祀，却无一丝灵验！”黄祖可没有曹操那样的肚量，拔剑杀了祢衡。

曹操知道祢衡受害，讥笑说：“腐儒舌剑，反自杀矣！”

祢衡死于狂妄，他是自取灭亡。狂妄的人，情绪失常，头脑膨胀，一胀再胀，不知收敛，不懂控制，锋芒毕露。祢衡奉行“我行我素”，“笑骂任他笑骂”，“走自己的路”，自己想说什么就说什么，想怎么张扬个性就怎么张扬，这些人忘了没有合适的环境、合适的土壤、集体的力量，一个人能力再强也难顶一片天。锋芒在适当的场合下可以露一露，让人们认识你的才华，但切记见好就收。锋芒太露了，太爱表现自己了，就不会拥有大众，无形中就不断地种植了荆棘，让自己举步维艰。

狂妄的人，其实是无知的人，他们总是过高地估计自己，过低地估计别人。曹操本身就是一个人才，政治、军事、管理、文学哪一方面都比祢衡高得多，曹操手下的文臣武将皆当世高才，水平均比祢衡高。祢衡腐儒只凭一张利嘴，根本成不了大事，反而把人家贬得一无是处。

狂妄的人，也许有一知半解，但情商却低，狂妄的人自制力很差。何为自制力，自制力是指善于控制和调节自己的情绪、思想和行动的意志品质。自制力差的人易受激情和冲动支配，在行动上兴致所至，为所欲为，宽于律己，严于律人，而且知过不改。

狂妄的祢衡就如同一只孤僻的狗，对着围满镜子的四周狂吠不已，结果镜子里的狗都向它狂吠不已。你怎样对待别人，别人就会怎样对待你。恃才傲物是一个人脆弱的表现，是一个人不成熟的标志，它将摧毁一个人进取的心理基础，取消良好人际关系等外部条件，最终使自己成为孤家寡人，必将导致沉沦和失败。

骚动心态，无助于事业
——落凤坡庞统中箭

骚动心态指易受外界影响，不安定、不宁静，宠也惊，辱也惊，太在乎得失。刘备征西川时，军师庞统太在乎得失，导致在落凤坡中箭身亡。

庞统与诸葛亮齐名，也是一位智商极高的天才。他给曹操出的连环计，为周瑜火烧战船提供了条件；他给徐庶出的脱身计，保住朋友的一条命。

《三国演义》描绘庞统的才能，有一惊人之笔。庞统来投刘备，谁知刘备以貌取人，见庞统貌陋，让他去耒阳县当县宰。庞统上任后，不理政事，终日饮酒为乐，刘备闻之大怒，让张飞、孙乾去调查。张飞到了耒阳县，不见县令庞统。同僚曰：“庞县令到任及今，将百余日，县中之事，并不理问，每日饮酒，自旦及夜，只在醉乡，今日宿酒未醒，犹卧不起。”张飞怒唤庞统来见，责问庞统“尽废县事”。庞统曰：“量百里小县，些小公事，何难决断。”言毕，令公吏取出百多日所积公务，带出诉词被告人等。庞统手中批判，口中发落，耳内听词，曲直分明，并无分毫差错，民皆叩首拜伏。不到半日，将百多日之事尽断毕了。张飞大惊，下席谢曰：“先生大才，吾当于兄长处极力举荐。”

此段描写，道出庞统乃大才，但是也看出庞统还是计较官员地位的高低，嫌官小而不满，实行消极怠工，用现代语言就是不敬业。一百多天，一点公事都不干，若有重大案件，岂不耽误事。庞统计较官位，说明他太在乎得失，为后面落凤坡遭难埋下伏笔。

刘备征西川时，庞统为军师。诸葛亮派人从荆州给刘备送来一封信，言称他夜观天象，主将帅身上多凶少吉，让刘备、庞统切且谨慎。刘备一向对诸葛亮的话深信不疑，于是想回荆州商议。庞统的心态骚动起来了，他暗思：“孔明怕我取了西川，成了功，故意将此书相阻耳。”于是以巧言说服了刘备，急速进兵。庞统太在乎个人价值的体现，太在乎功名得失，根本不理会孔明的告诫，一意孤行，不幸在落凤坡中箭身亡，欲得功名，却失性命，得不偿失。

禅宗是中国人的哲学，是中国人接触了佛教之后体悟到自己心灵深处奥秘的一种新的境界，它与中国原有的老庄哲学存在一定程度的内在联系。禅宗强调“对境无心”“无住为本”，对一切境遇不生忧乐悲喜之情，不粘不著，不尘不染，心念不起。

我们对“对境无心”的理解，不是对世界万物统统淡漠，万念俱灰，而应从积极的角度理解为不受欲望所驱，不为名利所动，不被环境所扰，不因胜利而狂，不因失败而忧。

能做到“对境无心”需要一个平和、宁静的心态，可不是一件容易的事。对于任何一个人来讲，生命只有一次，匆匆而来，匆匆而去，这仅有的一次生命，究竟为何生？滚滚红尘，浮华世象，名利财色，使太多的人耳目蒙蔽，于是见许多人为名利心动，为得失心焦，为世俗心扰，为别人对自己的不公平不恭而心烦……于是便见许多人碌碌而奔金钱美色，遑遑而奔荣华利禄，愤愤而对是非得失，以至于心为欲动，身为物欲。有屡遇坎坷，前途多艰者，岂能整天为之忧愁不止；有一生平凡默默无闻者，岂可常怀不平之心。长为名利财色而心动者，必无心搞事业，更有甚者断送人生。与人相处，可能有的人得罪过你，反对过你，那些让人不快之事勾起旧恨，让人耿耿于怀，经常想着记着，寻机会反击一下。心力都用在对付人上了，还有多少心力用于做事上。

人对于“得”过于计较，常常会走向反面。庞统对功名的“得”太在乎，却因此而失去了生命；周瑜对虚名的“得”太在乎，也因此失去了生命；杨松为求利益之“得”，卖主求荣，被曹操处死。许多人在生活中只要一涉及自己的利益，便是锱铢必较。有人为了一己之利，置公德于度外，不顾一切地为个人谋取私利，所得当然不少，但是失去的更多，甚至失去了人一生中最宝贵的自由。

淡漠得失的人，必不会为得失而苦恼、而嫉妒、而后悔，不会为此吃不下饭，睡不着觉，怨天尤人，焦虑不堪，痛不欲生。斤斤计较个人利益的人，才会整日操心，黯然神伤，埋怨天、地、人，毁其身体和精神。人生最重要的，莫过于得到内心的自由、充实、均衡与安宁，其他的一切如权力、地位、名利，统统是身外之物，人不应为身外之物所累，为得到或得不到身外之物而心态不平和。

没有宠辱不惊的心态，根本不可能有成功的人生。

消极心态，无大出息

——刘琮城丢人忘

荆州刘表死后，蔡夫人与蔡瑁、张允商议假写遗嘱，令次子刘琮为荆州之主，蔡氏宗族，分领荆州之兵。刘琮刚刚继位，忽报曹操大军望荆、襄而来。刘琮大惊，与众人商议。傅巽主张将荆襄九郡献与曹操，刘琮当然不愿意，叱曰："是何言也！孤受先君之基业，坐尚未稳，岂可便弃与他人？"蒯越见状，恐吓刘琮曰："夫逆顺有大体，强弱有定势，今曹操南征北讨，以朝廷为名，主公拒之，其名不顺。且主公新立，外患未宁，内忧将作，荆襄之民，闻曹兵至，未战而胆先寒，安能与之敌哉？"王粲进一步恐吓曰："曹公兵强将勇，足智多谋，擒吕布于下邳，摧袁绍于官渡，逐刘备于陇右，破乌桓于白登，枭除荡定者，不可胜计。今以大军南下荆襄，势难抵敌。你不可迟疑，致生后悔。"

刘琮本是一介懦夫，在谋臣轮番恐吓下，立即改了主意，竟不打一仗，将荆州白白投献曹操。荆州此时有马军五万，步军十五万，水军八万，共二十八万，有大小战船七千余只，又有长江天险，足可与曹操抗衡，倘若与江东孙权联合，势力更大。刘琮由于懦弱，一仗都不敢打，便将荆州拱手相送，结果反被曹操所害。

懦夫的心态消极，有消极心态的人没有大的出息。刘琮便是一个心态消极的懦夫。

拿破仑·希尔说过，人的身上有一个看不见的法宝，这个法宝的一边装着四个字：积极心态；另一边也装着四个字：消极心态。积极心态产生获得财富、成功、幸福、健康的力量，可以使人攀登到人生顶峰；消极的心态剥夺一切使你生活有意义的东西。

一个人能否成功，就看他的态度了。成功者与失败者之间的差别是，成功者总是用最积极的心态、最乐观的精神去做人做事，有一口气也要往前走一步。失败者刚好相反，他们自卑、疑虑，人生定位太低，不求有功，但求无过，小心谨慎地做事，明明干得了的事却不敢干、不想干。

许多事情看似不可能，其实是被消极心态束缚，去除了消极心态，不可能就会变成可能。赤壁大战前，孙刘这么点的兵力去抗击曹操的百万大军，看似是不可能的事，但却成功了。刘琮如果去除了消极的心理，同样能将不可能变成可能。只要是符合科学规律的，世上没有什么办不到的事，办成只是个时间早晚而已。客观上没有“不可能”，并不等于主观上没有“不可能”，那就真的不可能了；主观上认为“可能”，那么，任何暂时的“不可能”终究会变成“可能”。消极心态的人，可能办成的事也认为不可能，他们不是被事打败，而是被心态打败，是自己放弃了变“不可能”为“可能”的希望。刘琮的失败，非曹灭之，而是被己灭了。

有消极心态的人自卑，自己看轻自己。

有的人在各种会议上从来不发一言，只做听客。他们的心态是：那么多领导、专家、老同志在场，我发言不合适吧。我人微言轻，不如不说罢。其实，与会者是平等的，并没有人轻视他，轻视他的是他自己。

刘琮自卑，他没有主见，凡事只听母亲蔡夫人、舅舅蔡瑁的安排，实际上是个傀儡。《三国演义》中说刘琮颇聪明，也就是说他本人并不低能或有短板，而是自己认为自己不行。

自卑，是一个人对自己不恰当的认识，是一种自己瞧不起自己的消极心理。在自卑心理的作用下，人遇到困难、挫折时往往会出现焦虑、泄气、失望、颓丧的情感反应。自卑使人觉得自己难有作为，生活没有意义。长期被自卑感笼罩的人，不仅自己的心理活动会失去平衡，而且生理上也会引起变化，会损害心血管系统和消化系统。生理上的变化反过来又影响心理变化，加重人的自卑心理。

自卑的人，总是过多地看重自身不利和消极的一面，而找不到有利、积极的一面，缺乏客观全面地分析事物的能力和信心。当王粲问刘琮："将军自料比曹公如何？"刘琮曰："不如也。"刘琮只见他人之长，不见自己之长，乃自卑作怪。我们在竞争、做事时，应当努力提高自己透过现象看本质的能力，客观地分析对自己有利和不利的因素，尤其要看到自己的长处和潜力，而不是妄自嗟叹、妄自菲薄。

自卑人士的口头禅是"我不行"。一些人之所以不成功，往往不是由于别人否定了他们，而是他们自己否定了自己；要成功，就必须在自己的字典里删除"我不行"这几个字！把"我不行"改为"我能行"。

自己看轻自己的心态，对自己的认识有误。他们总是看到自己比别人差的地方，总是看到自己不尽如人意的地方，所以自卑。愈是自卑，心理负担愈重，对周围人们的议论愈敏感，疑心重重，而变得更不自信。

一个人不要把自己看得太渺小，过分小看自己就会消极、自卑，觉得自己处处不如别人，处处低人一头，处处插不上手。一个人不要太在乎缺点、失败及别人的耻笑，这些都是常事，不足为奇。把它们太当回事，自信心必然会降低。

土耳其谚语说：每个人的心中都伏着一头雄狮。

中国谚语说：人皆可以为尧舜。

《格言联璧》中说：不要轻视自己的身心，天地人三才都蕴藏在六尺之躯中。

恐惧心态使人缺乏生命力
——阚泽献降书

赤壁之战中，东吴老将黄盖行了苦肉计，于是担负向曹操献诈降书的任务就交给了阚泽。阚泽献降书可是冒着生死之险的。

阚泽献上降书，曹操反复将书信看了十余次，忽然拍案张目大怒曰："黄盖用苦肉计，令汝下诈降书，就中取事，却敢来戏侮我耶！"便叫左右将阚泽推出斩了。阚泽面临曹操的"张目大怒"，只要胆子略小一点，一露惊慌，此事便无可挽回。阚泽处此险境，不仅不露丝毫惊慌，反而面不改色，仰天大笑。阚泽的镇静自若击中了曹操的"多疑"要害。曹操自然要对这"仰天大笑"问个明白。阚泽道："吾不笑你（言外之意，你有什么可值得我一笑）。吾笑黄公覆不识人耳。"曹操诧异，再问："何不识人？"阚泽先卖了一个关子："杀便杀，何必多问！"阚泽这几句话又击中了曹操好胜的特点，于是自我吹嘘："我说出你那破绽，叫你死而无怨，你既是真心献书投降，为何不明约几时？"

曹操给阚泽提出的问题，又形成了新的危机，若回答不出，或支支吾吾，必死无疑。阚泽镇静应战，先不回答，不解释，反而乘势一激，大笑曰："亏汝不惶恐，敢自夸熟读兵书！还不及早收兵回去！倘若交战，必被周瑜擒矣！无学之辈！可惜吾屈死汝手！"

阚泽这一激，曹操急了，忙问："何谓我无学？"阚泽道："汝不识机谋，不明道理，岂非无学？"曹操有一个闻过则喜，从善如流的优点，又问："你且说我哪几般不是处？"阚泽为稳住曹操，又搭了一次架子："汝无待贤之礼，吾何必言！但有死而已。"一直逼曹操说出："你若说得有理，我自然敬服。"此时，阚泽的危机基本平息，这才将因拖延时间而急智想出的一套说辞讲出来，指出了"背主作窃，不可定期"的道理，彻底打消了曹操的怀疑。

阚泽献降书的故事告诉我们，遇危不惊才是战略家的风度。倘若遇危而不知所措，头脑发胀，不但想不出应急的好主意，反而会忙中添乱，祸又生祸。只有做好准备，估计到危机的可能性，才可能在危机一旦降临时不惊慌失措；只有镇静地对待危机，才可能在极短的时间内，集中头脑中的智慧，迅速找出应变对策。

曹操也遇到过生死危机。董卓当道时，曹操想刺杀董卓，于是先屈身于董卓，很得董卓信任。一日，曹操佩着从司徒王允那里借来的七星宝刀，来到董卓的相府。董卓问曹操为什么来晚了，曹操见董卓义子吕布在场，就佯称自己的马弱行得慢。董卓让吕布为曹操挑一匹西凉好马。吕布走后，曹操几次欲拔刀刺董卓，都怕董卓力大，未敢轻动。过了一会儿，董卓因身体胖大不耐久坐，倒身而卧，转面向里。曹操见机会来了，急拔宝刀在手，正要去刺，不想董卓仰面从衣镜中看见曹操在背后拔刀，急回身问曰："孟德何为？"曹操面临危机，此时吕布已牵马至阁外，曹操的危机更大。在如此生死危机之时，曹操果断处理，立即持刀跪下曰：“操有宝刀一口，献上恩相。”董卓接过来一看，其刀长尺余，七宝嵌饰，极其锋利，果然是一把宝刀；遂递与吕布收了。曹操这才化险为夷，有惊无险，立即骑马逃出城门。

曹操在危机面前倘若不镇静，不及时处理，命已休矣。

处变不惊是一种稳定的心理素质。

恐惧心态，危害健康。美国著名心理学家加德纳，竭力反对把实情告诉癌症患者。他认为，在美国死于癌症的病人中，在80%是被吓死的，其余才是真正病死的。80%这个比例数字是否准确并不重要，因为他提醒人们：莫被吓死，这才是最有意义的东西。事实上，确有相当一部分癌症患者死于恐惧。

加德纳做过一个著名的实验：让一个死囚躺在床上，告之将被执行死刑，然后用木片在他的手腕上划了一下，接着把预先准备好的一个水龙头打开，让它向床下的一个盆里滴水，伴随着由快到慢的滴水节奏，结果那个死囚昏了过去。1988年，加德纳公布了实验结果，遭到了司法当局的起诉。但他用事实告诉了世人：一旦一个人精神垮了，那么他的生命也就变了形，因为精神是生命的真正脊梁。

俄国作家契诃夫的小说《小公务员之死》，讲了一个小公务员去看戏，打了一个喷嚏，口水不巧溅在前排一位官员脑袋上。小公务员十分恐惧，赶紧向官员道歉，官员说：“算了，就这样吧。”这话让小公务员心里更不踏实。他一夜没睡好，第二天又去赔不是。官员不耐烦了，让他闭嘴，出去。小公务员心想，这下子可真是得罪官员了，他又想去道歉。小公务员就这样因为一个喷嚏背上了沉重的包袱，最后，他……死了。契诃夫对小公务员死因的描写当然有艺术的夸张，但也说明一个人的心态对身心健康至关重要。

在人面临危难之时，有人抓耳挠腮，不知所措，恐慌不已；有人临危不乱，沉着冷静，理智地应对危局。前者常失败，后者则常成功。在平常状况下，大部分人都能控制自己的情绪，也能作出正确的决定。但是，一旦事态紧急，他们就自乱阵脚，而无法把持自己。任何人遇上灾难，情绪都会受到影响，这时就要控制自己的情绪，用平和的心态去面对突然而至的险境。

古人云："天下有大勇者，骤然临之而不惊，无故加之而不怒。"可谓处变不惊即大勇。

有人勉励自己："以平常之心，对非常之事。"即希望自己能以平静的心态，对待一切意想不到的事情。一个人要想获得成功，良好的心理素质的培养，比掌握知识更重要，因为一旦心理失衡，所有的知识都将派不上用场。

《尚书》说："心之忧危，若蹈虎尾，涉于春冰。"意思说：对待各种事情，心中若总怀有畏惧之感，就像踩着老虎尾巴一样畏惧，像走在春天即将融化的冰面上一样战战兢兢。

恐惧心态使人痛苦，使人缺乏活力。人若遇事便生恐惧，工作效率就不会高，还会屡犯错误，因为他的心情太紧张，太自卑。一个怀有恐惧心态的人，去参加高考，去见面试官，去进行一场棘手的谈判，去接受一项从未做过的艰巨工作，去面临风险，去战场打击敌人……常常会紧张得坐立不安，手心出汗，双腿颤抖，语无伦次，结结巴巴，结果是未战自败。

在这个世界上，所谓绝境，在相当多的情况下并不是生存的绝境，而是一种精神的绝境。只要不在精神上垮下来，外界的一切又奈你何？任何人都不能把你击倒。

强硬固执，事业之大忌

——刘备一意孤行

刘备在逆境中头脑清醒，大事不糊涂。但是在顺境中思维开始僵硬，认准一个理，千人万人不能劝。刘备非要报关羽之仇，起兵东征伐吴。赵云谏曰："国贼乃曹操，非孙权也。"刘备曰："孙权害了朕弟，啖其肉而灭其族，方雪朕恨！"赵云曰："汉贼之仇，公也；兄弟之仇，私也。愿以天下为重。"刘备答曰："朕不为弟报仇，虽有万里江山，何足为贵？"遂不听赵云之谏。学士秦宓奏曰："徇小义，古人所不取也。""可惜新创之业，又将颠覆！"刘备大怒，下令杀秦宓。不纳谏，非理杀人，这是刘备过去从未做过的。诸葛亮上表救秦宓，刘备掷表于地，曰："朕意已决，勿得再谏！"刘备这种对诸葛亮的不礼貌的态度过去从未有过。连诸葛亮、赵云如此心腹之人的话都听不进，何人之言肯听？刘备一意孤行，倾国力出征，拿七十五万大军当赌本，结果大败于彝陵。

刘备逃到了白帝城。他在白帝城羞愧交加，感到无脸回到成都见到大臣们，积郁成疾，染病不起，伤感地说："我智识浅陋，不纳丞相之言，自取其败，悔恨成疾，死在旦夕。”他向诸葛亮托付完后事就死了。从此，西蜀由鼎盛开始滑坡。

刘备的智商不低，但是情商方面出了问题，在关羽之死这个问题上控制不住情绪，以感情取代理智。这样一来，刘备在性格上“强硬固执”那一面就被凸显出来。

刚愎，《辞海》释为“强硬固执”。强硬固执型性格的人俗称倔犟，“一根筋”，遇到问题不转转弯，而是死盯住不放，一意孤行，也不接受别人劝说。固执到底而不考虑后果，因此常会作出过分之举，事出之后，悔之晚矣。

唐太宗对大臣说：“人欲自照，必须明镜；主欲知过，必藉忠臣。主若自贤，臣不匡正，欲不危败岂可得乎？隋炀帝暴虐，臣下钳口，卒会不闻其过，遂至灭亡。”在这里，唐太宗认为执政者想要知道自己的缺点和错误，必须虚心听取下级部属的批评，反之，执政者刚愎自用，恶闻其过，人们就会闭口不言，任其纵横肆虐，国家没有不衰败的，隋炀帝就是刚愎自用的典型。

隋炀帝刚愎成性，自负才学，狂妄自大，傲视天下。他曾公开讲：“我性不喜人谏。”因此，谁敢于直谏，他就仇恨谁，直至杀掉为快。针对隋炀帝多次游江都一事，众大臣拦住驾车，上书说：“陛下若遂幸江都，天下非陛下之有！”炀帝不但不听，反将众大臣全部斩杀。隋炀帝一意孤行，连续发动三次大规模侵伐高丽的战争，均以失败告终。刚愎成性，残暴成性的隋炀帝主政没几年，就人心背离，起义不断，他也成了独夫民贼，孤家寡人，如此不得人心，怎能不丧国亡身。

固执的人多半比较聪明，有一定的才华，能固执得起来。当别人或社会指责他们正处在偏执之中的时候，他们很少立刻和主动的地纠正自己，他们这样做并不是为了达到什么卑劣目的，而仅仅是因为他们就是这么认定：自己比别人强很多，自己是唯一正确的，唯我独尊，总是将自己的观点强加于人。“走自己的路，让人家去说吧。”但丁这句名言竟成了一些人盲目固执，走极端，过分张扬个性、排斥集体的盾牌。

固执的人多半有点权势，不然也没有固执的本钱。当官的对待下属，当老师的对待学生，当父母的对待子女，常常会固执己见，搞家长制作风，一言堂，一个人说了算，独断专横，耍威风。强硬固执的心理状态的形成，有其历史、社会和个人等多方面的原因。一是几千年的封建专制统治形成的一些旧思想的影响，一些人信奉“上智下愚”的观念，认为当官的高明，当师长、父母的高明；二是一些人一旦当了官，就染上了官僚主义，信奉权力至上，好发号施令，显示威风。

古人曰：“以天下之广，岂断乎一人之虑？”“勿谓我尊，而傲贤慢上；勿谓我智，而拒谏矜己。”一个人要克服强硬固执的性格障碍，就必须克服那些位尊显贵，骄傲自满的心理，必须认识刚愎自用的危害性，必须控制不良的情绪，增进理智。

管住自己的舌头

——孔明安居平五路

刘备征吴失败，在白帝城病故。魏帝曹丕见有机可乘，听从谋士司马懿的计策，联合南蛮孟获、西番羌兵、东吴孙权、反将孟达，再加上魏大将军曹真，共起五路大军，每路十万兵马，从五个方向杀来，大举伐蜀。西蜀当时元气已伤，即便只有一路大军得逞，也会给西蜀造成致命打击。

大敌来犯，西蜀危机重重，后主刘禅和众大臣都十分着急，但诸葛亮却托病不出，大臣们几次探视，都不得相府之门而入。诸葛亮在成都城一片平静之中，在相府运筹帷幄，调兵遣将，已将五路兵马退去。

孔明安居平五路，他的足智多谋，冷静沉着，固然令人赞扬；而他机警老练、严守秘密的作风，更令人折服。退去五路兵马已属不易，而在退兵之中的所作所为竟不声不响就完成，此举就更为不易。退五路兵马要做许多事情，或派使臣出使敌方，阐述利害关系；或向守关大将赵云、马超交代破敌之计；或调兵遣将；或组织张苞、关兴的预备队，倘若有一件做得不机密，走了消息，都会影响西蜀的安危。

后主听罢孔明已退五路兵的陈述，又惊又喜曰："相父果有鬼神不测之机也！"孔明曰："成都众官，皆不晓兵法之妙，贵在使人不测，岂可泄漏于人？"孔明历来深知保守军事秘密，即"岂可泄漏于人"的重要。孙子兵法曾说过，知己知彼，百战不殆。但是，如果交战双方都知己知彼，恐怕也难以速胜，只好僵持在那里。最后，知道对方情报多一些的，而自己的情况又保密好一些的一方，胜利的机会就大一些。孔明在进攻中擅出奇兵，例如，在一气周瑜中，令关羽、张飞、赵云巧夺荆州诸郡就是出奇制胜，令周瑜措手不及，如果走漏了消息，可能就不会那么顺利了。孔明在御敌时善设伏兵，善用火攻，例如，火烧博望坡、火烧新野、赤壁杀曹兵都是伏兵取胜，一旦走漏了消息，人家就不会往你设的口袋里钻，埋伏则成了枉费心机。难怪孔明在对将领传令施计时，常常或授以锦囊，或附耳低言，就是怕走漏了消息，就是在临终五丈原之时，还令部下密不发丧，悄悄撤军，令老对手司马懿赞叹不已。

人际交往，商业接洽，该开口时开口，该闭口时闭口，这是聪明的做法。我们必须认识到我们的沉默与我们要说的话同样富有表现力。沉默也是一种力量。沉默只是在交流中才起作用。与人共处时需要忍耐和沉默。

做事业的人都有一些可告人的，也有一些不可告人的秘密与诀窍。不善于隐藏自己的人，到处亮出自己的底牌，对任何人都坦然相告，没有丝毫的防备之心，日后很可能影响自己的事业和人际关系。有些人肚子里搁不住心事，有喜怒哀乐之事，就总想找人谈谈；更有甚者，不分时间、场合、对象，见什么人都把心事说出来。

心事可以说，但不能随便说。因为心事的倾吐会泄露一个人的脆弱面，若被某些"小人"掌握，会成为他日对付你的攻击点。这一点不一定发生，但你必须预防。有些心事带有危险性和机密性。例如你所承受的压力与牢骚，你对上司和同事的不满与批评，很有可能成为别人告你的把柄。

在多数情况下，言简意赅胜冗长。

丘吉尔在牛津大学的一次“成功秘诀”的讲座上，讲演词只有几句话：“我成功秘诀有三个：第一是，决不放弃；第二是，决不决不放弃；第三是：决不决不决不放弃！我的讲演结束了。”说完就走下讲台。一句深思熟虑的话，胜过肤浅的千言万语。会场上沉寂了片刻之后，爆发出经久不息的热烈掌声。

老布什访问匈牙利，原计划在广场上向群众发表演讲。可一下飞机，正赶上老天下雨。面对广场上一片雨伞的海洋，老布什把讲演稿举过头顶，将其撕碎，只做了简短的即兴演讲，目的是让大家少淋雨。自然，老布什对欢迎群众的关心与体谅，赢得了不绝的掌声。

古今中外，呆板冗长的演讲大都遭人讨厌。尤其是在生活紧张忙碌的现代社会，更是不受欢迎，因为谁都没时间聆听无聊的闲话。大家都希望开短会，但很多情况下“短”不下来。几乎所有的发言人都希望听众认为自己的发言比别人更有水平，更值得重视。于是，就在发言时间上做文章，一个比一个讲的时间长，似乎发言时间越长越有水平。当代人的生活节奏快，讲演人不应当沉溺于冗长、闲散的开场白，不应当想到哪儿说到哪儿，而应当简单、精练。说得少、说得精、有效率，而废话连篇，说得虽多却无效率，就是浪费别人的时间。

沉默是智慧的语言。说话太容易了，张口便可出声；沉默是困难的，憋着不说，既需要智慧，又需要控制力。但是，我们总是倾向于说，结果越说越浅薄，越说越轻飘，越说越浮躁。还是静下心来，沉默一会吧！

政治家在政治斗争中，善于施展沉默的技巧，他们勇于坚持正确的意见，但从不鲁莽，需要控制舌头时又比谁都沉着，因为他们知道，“两点之间的最短距离是直线”，这个数学定理并不适用于政治斗争。

英国学者富托说：“不知道束缚自己舌头的人，也便不懂得如何讲话。”说话要谨慎，分寸要注意，场合要分清。

古罗马历史学家加图说：“请把管束舌头当作第一美德。谁知道何时沉默不语，谁就能应酬如神。”管好舌头并不容易，它需要清晰的思维、较强的控制力和对事物的判断分析能力。

管好自己的嘴巴！人的旦夕祸福均从口出。正人先正己，正己先正心，正心先正嘴。

事成于密，败于疏，暗度陈仓乃做事的上等功夫。

第三章

忍耐比恃强更强大

忍让的结果是甜蜜的

——刘玄德驻扎小沛

在人际关系中，忍让有时确实很委屈、很憋气、很窝囊，但是其收到的效果往往是对自己有利的，这就是卢梭所说的："忍耐是痛苦的，但它的结果是甜蜜的。""好汉能吃眼前亏"，目的是以吃"眼前亏"来换取其他的利益，是为了生存和实现更高的目标。只有在因为不能吃眼前亏而蒙受损失时，你才会体会到忍让的伟大。

陶谦为徐州牧，63岁那年患病，一病不起，临终前向刘备三让徐州城，于是，刘备自领徐州牧。吕布兵败，投奔刘备，刘备收留了吕布，让他在小沛安身。不久，不讲仁义的吕布夜袭徐州，夺了刘备的城池。吕布占了徐州，刘备岂能不恼，只不过张飞恼怒形于外，刘备恼怒不露声色而已。吕布安排刘备在小沛驻扎。关羽、张飞心中愤愤。刘备曰："屈身守分，以待天时，不可与命争也。"刘备之所以能行忍让之策，是因为他对客观形势做了充分分析后，觉得行忍让之策才能保全自己。他不指望在吕布面前讨取公道和信义，因为他了解吕布其人。刘备的忍让是利用吕布之势相互依存，在诸侯争霸中保全自身。

你的力量与竞争对手明显悬殊，到对方暂时处于优势而自己处于劣势，同时你也发现对方的优势随着时间流逝会渐渐减弱，而你的劣势也渐渐转为优势时，那么，你与强手发生争执就要记住“忍一时之气，免得百日之忧”的古训，来个主动让步，退避三舍。忍让并不是消极逃避，而是为了回避对手的锋芒，蓄养自己的锐气，以待反戈一击。刘备在战略上是忍让的高手。自桃园三结义后，刘备一直无半寸土地，寄人篱下。先后跟随刘焉、卢植、公孙瓒、陶谦、吕布、曹操、袁绍、刘表，不得不弯腰，韬光养晦。暂时的寄人篱下，暂时的委曲求全，是为了渡过当时的逆境，是为了光明的未来。既然如此，那么有什么丢面子、失尊严、掉架子、弃体面的事不可忍受呢?

忍让，可以避开强手咄咄逼人的锋芒，挫其锐气。忍让，可以让出阵地诱敌深入，然后，再发制人。

忍让，让出大路，占领两厢，舍此逐彼，自己独辟蹊径。当一花盛开时可以独领风骚，等到满园春色时，你的那朵花也就没有什么特殊了。你开发了一种新产品，如果已经被众人视若无睹，大家纷纷效仿、百舸争流之时，干脆让出市场算了，避开竞争的锋芒，另辟新的途径，在另一个方面创新产品，继续独领风骚。

忍让，当然要牺牲一些眼前利益和局部利益。但是为了整体利益和长远利益，让出局部利益是完全必要的。一个人如果只想获利而不思让利，不愿吃半点亏，对利益斤斤计较，患得患失，必然有一天会因小失大，因贪利而丢失了全局利益。

大丈夫能屈能伸，伸的时候风光，屈的时候隐忍，但要知道，梅花香自苦寒来，好处尽从难处得，有苦才有甜，有屈才有伸。

示弱比逞强更有力
——刘备哭拜孙夫人

刘备爱哭、常哭、善哭。刘备的哭乃哀兵之术，以示弱博得同情，从而化解危机，以达到某个目的。

刘备招亲到东吴，曾有三哭。

一哭是在甘露寺。吴国太在甘露寺要见刘备，孙权派了300名刀斧手，伏于两廊，准备着若国太不中意刘备，一声号举，两边齐出，将刘备拿下。赵云发现了房内有刀斧手埋伏，告知刘备。刘备立即跪在国太席前，哭而告之：若要杀刘备，就请在此结果了罢。国太不解。刘备说，廊下暗伏刀斧手，不就是为杀我而设的吗？国太大怒，责骂孙权。刘备此哭，以哀兵化险为夷。

二哭是刘备听赵云说曹操起精兵五万要攻荆州时，想回荆州又怕孙夫人不同意，见了夫人后先暗暗垂泪，后又泪如雨下，情深意长，夫人岂能不动心动情。

三哭是在回荆州的路上，前有周瑜的拦截，后有东吴的追兵，前后无路，十分危难。刘备急忙到夫人车前哭拜说，我有心腹之言要对夫人实诉：当初孙权与周瑜同谋，将夫人招嫁刘备，实际上并不是为夫人，而是想把我幽困住而夺荆州；一旦夺了荆州，必杀刘备。我不惧万死而来，是知道夫人有男子的胸襟，必然能爱怜刘备。现在前后都有吴兵，非夫人不能解此祸。如果夫人不能帮我解危，我请死于车前，以报夫人之德。有刘备这番发自肺腑的哭诉，夫人焉可坐而视之，于是喝退吴兵。

刘备此三哭皆把自己摆在弱者的位置。哀兵之术既可引起众人同情，又能以柔克刚。

刘备在诸葛亮三气周瑜时也哭过一次。刘备夫妇回荆州后，周瑜又派鲁肃讨还荆州，谁知鲁肃话一出口，刘备就掩面大哭，进而哭声不绝，最后是捶胸顿足，放声大哭。诸葛亮趁势向鲁肃诉说了刘备的难处：若取西川，因西川刘璋也是汉朝骨肉，恐被外人唾骂；若不取西川，还了荆州，何处安身，实在是两难，因此我主公才泪出痛肠。请您将此烦恼情节察告吴侯，恳请再缓些时候。鲁肃见刘备如此哀痛，怪可怜的，只得应允。于是，刘备的哀兵之术轻而易举地又让鲁肃白跑了一趟。

示弱是人处于劣势时保存自己、发展自己的有效手段，“示弱”是忍。如果你是生活中的弱者，应当示弱，唯有示弱才能获得大家的同情，从来没见过街上的乞丐雄赳赳、气昂昂，大声吆喝，粗声大气。善哭的刘备，为谋大业，总是把自己摆在弱者的地位上。刘备第三次到卧龙岗时，刘、关、张离孔明的草庐还有半里地，便开始下马步行。当得知孔明午睡未醒时，便在阶下侍立。见了孔明以后，刘备处处像个求教的学生。为请孔明出山，刘备根本不讲皇叔的尊严体面，又哭又跪。刘备的示弱把自己当作一位求医的垂死病人，令诸葛亮极为感动。诸葛亮说：“吾受刘皇叔三顾之恩，不容不出。”

弱者应当示弱，以此保护自己，别人谁也不愿背着欺负弱者的骂名。如果你是强者，仍需示弱。人在强大的时候，你的强大对别人来说是个威胁，在不经意间把别人的眼刺痛刺红了。当鹤立鸡群时，你仍然势单力薄，于是你的优势也就是你的劣势。所以即使你才高八斗、博学出众，也得想法避免麻烦。你一示弱，就会使那些患“红眼病”的人的虚荣心得到一丝满足，嫉妒情绪也会变得轻些、淡些。

如果你是一个潜在的强者，也需示弱。朱元璋还是一个潜在的强者时，来了一个“缓称王”的策略；刘邦对项羽一忍再忍；陆逊示弱，对关羽毕恭毕敬，最后取了荆州；孙膑遭庞涓嫉恨，性命朝不保夕，一个满腹韬略，能够挑战千军万马的人，甘心装疯卖傻来自污示弱，不然怎么会有日后的马陵道雪耻。倘若不到火候就“出炉”，嫉妒者们就会将你变成“废品”。

作为一个人，尤其是作为一个有才华的人，要示弱，既可有效地保护，又能发挥自己的才华。凡事不要太张狂、太咄咄逼人，要谦虚让人。“花要半开，酒要半醉。”示弱是给人生开路，逞强却给自己增加路障，当你志得意满时，不要把自己看得太了不起，不要把自己看得太重，不要把自己看成万里解危难、力挽狂澜的大英雄，不可趾高气扬、目空一切、不可一世，否则你不被别人当靶子打才怪呢。

好事多磨
——七擒孟获

北伐曹魏，实现统一，是诸葛亮早在“隆中决策”中定下的奋斗目标。荆州被关羽丢掉以后，虽然两路出兵北伐的条件已经不存在了，但诸葛亮始终没有因此而放弃北伐的计划。出师北伐，西蜀政权必须拥有一个稳定的后方。所以，在改革政治、安定内部的同时，孔明又东和孙吴、南抚夷越，以使北伐无后顾之忧。

刘备死后，西蜀政权的南方发生武装叛乱，武侯安居平五路中的一路就是南方的孟获。北伐之前，孔明决定亲自南征。孔明率军出发前，接受了参军马谡的建议，即：“攻心为上，攻城为下；心战为上，兵战为下。”当时少数民族首领孟获在南方很有威信和影响。孔明为了使蜀汉政权和少数民族有和谐的人和关系。采用了“攻心”战术，下令军队在同孟获作战时不能伤害他，只能生擒。

经过一次交战，孟获岂是对手，果然被活捉了。孔明对他不杀不辱，为了使他心服，还有意在他面前显示自己士兵的战斗力，命令军队列阵，亲自把他领在阵前问：这样的军队你能打赢吗？孟获并不服气，回答说：以前我不知你军的虚实，被你用计打败，现在看了你军的阵势，只不过如此。如果给我机会再战，我是能够取胜的。孔明见孟获没有心服，就把他放了。孟获回去集合部队，又来挑战，结果仍兵败被擒。他还不服气，孔明又把他放了回去。就这样，一捉一放前后有七次，即“抗天兵蛮王初受执”“渡泸水再缚番王”“识诈降三擒孟获”“武乡侯四番用计”“南蛮王五次遭擒”“驱巨兽六破蛮兵”“烧藤甲七擒孟获”。七擒孟获后，孔明又要放他，孟获确实感到诸葛亮智谋高强，又不是存心与自己为敌，便诚服地投降了。他对诸葛亮说：“丞相天威，南人不复反矣！”孔明对孟获的这场攻心战，真乃好事多磨。

孔明七擒孟获的策略至少给我们三点启示：

其一，企业也好，人也好，其生存、发展必须以巩固的后方做后盾，一旦后院失火，必然殃及前方。孔明如果不恢复吴蜀联盟，不平定南方叛乱，那边北伐大军刚刚出发，这边就可能出现成都危机的险情，非但北伐不能成功，可能连大本营都保不住。一个人如果家庭不和，夫妻冷战，直接会影响他的事业；一个企业如果缺乏“人和”的环境，其任何显赫的成绩都无法持久。

其二，孔明对孟获的七擒七纵，完全是心理战术的胜利。孔明与孟获二者的实力本不在同一档次，孔明若力服孟获当易如反掌。可是心若不服，就会如马谡所言：“虽今日破之，明日复叛。丞相大军到彼，必然平服；但班师之日，必用北伐曹王；蛮兵若知内虚，其反必速。”对人的管理，压服往往压而不服，心若不服，岂会有积极性。

其三，好事多磨。孔明的七擒孟获，显示了胸怀和耐心的巨大力量。俗话说，事不过三，但是孔明对孟获的宽容早就超过了“三”的界限，倘若孟获在七擒之后还不服气，那么必然会出现八擒、九擒的史话，因为孔明相信耐心的力量可以攻心。孔明在我国历史上是一个很有能耐的人杰。何为能耐，民国时期的蔡锷将军曾剖析过“能耐”的内涵，他认为“能耐”由两部分组成：一是“能”，即能力、智慧、本领；二是“耐”，即耐心、恒心、韧性、胸怀。只有“能”而无“耐”称不上有能耐。

俗话说，好事多磨，许多好事并非成于实力，而是成于耐力。耐力是一种力量，滴水可以穿石，铁杵可以磨成针，可见耐力之威。任何好事都不可能是一蹴而就的，需要的是不懈的努力。

许多重大的谈判，不是一两轮就能完成的，有时会拖很长时间。如果没有坚忍不拔的意志、忍耐持久的恒心，是难以坐到底的。缺乏耐心的人只会成事不足，败事有余。谈判经常会出现拉锯式的僵局，最难忍的时候往往就是最有希望的时候，转机往往取决于“最后5分钟”。弗朗西斯·培根在《谈判论》一文中指出：“一切艰难的谈判之中，不可存在一蹴而就之想。惟徐而图之，以待瓜熟蒂落。”思想和观念的改变不可能一蹴而就。如果采取强硬、强制、强压的办法，则可能适得其反，谈判的技巧是将谈判互利的原则一点一点、方方面面都渗进对方的头脑中去。做到这些当然需要时间，一次不行就两次、三次。忍耐力弱的谈判者不是被对方激怒而失言失态，就是被对方磨来磨去放弃了自己的初衷。

太阿、龙泉、干将、莫邪，所有的名剑均是经千锤百炼而成的，没有侥幸，没有捷径。鲁迅的文学成就至今无人可以比肩。有人来请教“弄文学”的门道，他老老实实地告诉说：“弄文学的人，只要一坚忍，二认真，三韧长，就可以了。”说到底就是不要怕用力气，不要怕磨，要准备长期去“磨”。

大凡巨制都有时间的厚度，几乎是一种通例。达·芬奇画《蒙娜丽莎》花了4年时间；列宾画《伏尔加河纤夫》用了14年；曹雪芹的《红楼梦》成稿之后，三易其名，又“披阅十载，增删五次”；达尔文历时5年环球旅行考察，23年后出版《物种起源》；蒲松龄之作《聊斋志异》，“数卷残书，半窗寒烛，冷落荒斋”，从他年轻时做起，直至暮年、耗费一生心血。以上诸君，均“十年磨一剑”，先别说才气，光这份耐性，就与成就齐名。

在最艰难，也是最难以忍受的时刻，坚持下去，磨下去，好事就来了。黎明前的一段时间最黑暗，能挺过去，便会迎来曙光。古人云“行百里路半九十”，讲的就是这个道理。行百里路，走到五十里不是一半，走到九十才算一半。因为到了差十到百的时候，人最容易犹豫、害怕、胆怯，会想到放弃。所以，这最后一段路最难走，它虽然距离不长，但因已筋疲力尽，要想走过去，非咬牙坚持不可。

诸葛亮二放孟获

容人之错
——破袁绍曹操焚信

曹操用人的一大特点是大度用人，容人之错。

曹操在官渡破袁绍是一件十分不容易的事情。公元200年秋天，袁绍调动主力军进攻官渡。当时曹操的军队很少，而且伤亡很多，与袁绍比较起来，确实是众寡悬殊。自公元200年8月起，至9月终，曹操军力渐乏，粮草不继。曹操本人也想弃官渡退回许昌，迟疑未决。后来，袁绍手下谋士许攸投曹，曹操采用了许攸的计策，在乌巢烧了袁绍的粮草，从此战局骤变，最后曹操以少胜多。

官渡之战结束后，曹操打扫战场时，从袁绍的文书案卷中，拣出一束书信，皆是曹营里的人暗中写给袁绍的投降书信。当时有人向曹操建议，要严肃追查这件事，对凡是写了降信的人，统统抓起来治罪。然而曹操的认识与众不同，他说："当绍之强，孤亦不能自保，况他人乎？"于是下令把这些密信付之一炬，一概不予追查，从而稳定了军心。

古今中外，大凡善用人者必有宽容之心，容人之度乃每一个领导者、管理者的必备素质。金无足赤，人无完人。人，总是优点、缺点并存，倘若求全责备，则世上无人才可用。求全常使一些有这样那样缺点或不足，而又有专长的人才不敢上门，曹操的选人、用人标准，在东汉末年，冲破了固有的迂腐标准的禁锢，具有创新的见地。他的用人思想是；“人无完人，慎无苛求，才重一技，用其所长。”对此，鲁迅先生曾评判曹操的用人标准：“不忠不孝不要紧，只要有才便可以。”

容人之错需大度。唐代宗李豫的女儿升平公主下嫁郭暖，郭暖之父乃平定 “安史之乱”的兵马元帅郭子仪。一日，小夫妻口角，郭暖急不择言说：“倚乃父为天子耶？我父嫌天子不作。”听了这“大逆”之言，公主哭着回宫告状。眼看闯了大祸，郭子仪押郭暖主动去朝堂请罪。李豫却安慰郭令公说：“俗话说‘不痴不聋，不作阿婆阿翁’，小孩儿们闺房中拌嘴，哪里用得听啊？”李豫私下对女儿说：“他父亲嫌天子不作是实情，若是不嫌，天下哪里还姓李！”这件事说明，有坦荡之心，以豁达的度量待人，才能容人之错。

北宋官至枢密的韩琦，有两只传世珍宝玉杯，珍惜至极。在一次招待贵宾的宴会上，韩琦请宾客观赏玉杯，一小吏不小心将玉杯碰倒摔破，宾客俱惊，小吏伏地待罪。韩琦并未动怒，宽容地说：“一切物品都有损坏的时候嘛。”对部属的过失如此大度，部属能不深受感动，能不尽心竭力？生活中随处可遇到尴尬的事，处于尴尬境地的人一定会觉得颜面尽失，在这个时候你能谅解他，能为他找一个台阶下，不但能立刻博取对方的好感，而且也会为自己建立良好的社会形象，受到别人的爱戴与支持。

怎样容人之错?

其一，对过失性错误应当容之。

“人非圣贤，孰能无过。”人的思维宽度有限，对问题考虑不全面在所难免，犯过失性错误绝非主观意图所致。容之，可宽其心，去其疑；不容，则会使人从此缩手缩脚，裹足不前。

其二，对主观性错误应当容之。

主观性错误是由主观认识和主观行为造成的。尽管他们的主观认识不对，但他们自己却认为很对。虽然犯了错误，但主观愿望尚好，想把事情做好。主观性错误有一个特点，即在尚未转变认识之前，越是坚持错误，造成的损失也越大。所以，对主观性错误不但要容，而且要帮助其总结经验教训，转变认识。

其三，对历史性错误应当容之。

有些人过去曾经犯过错误。过去犯过错误不等于现在还要犯错误，更不等于一辈子总要犯同样性质的错误。几乎每个企业都有犯过错误或受过处分的员工，正确对待后进者，尤其是对失去过尊重的人，更应当帮助他们找回失去的尊重。破罐子本来还能盛点杂物，破罐破摔可就一点价值也没有了，如果细心地弥合好裂缝，仍然可以盛米盛水。任何事物都是在不断变化的，世界上没有一成不变的事物。事实早已证明，容人历史性的错误，就是还人一个自尊。

其四，执行性错误应当容之。

执行性错误更应容之，因为这是执行了上级的错误指令而造成的错误，根子在上级身上，岂可让执行人充当替罪羊？

春秋五霸中的秦穆公发兵攻打郑国。大臣蹇叔和百里奚分析形势，提出反对攻郑的意见，而秦穆公却坚决攻郑。结果，秦军在路经晋国崤山时，遭晋军埋伏，全军溃败。当秦军败将孟明视、西乞术、白乙丙回秦以后，秦穆公身穿孝服亲自迎接，引咎自责，再三安慰他们说：“我不听蹇叔之言，以至今日之败，这是我的过错，与你们无关。”仍然让他们掌握兵权。孟明视等人感激得涕泪交流，一心要报仇雪恨，加紧练兵，终于在几年后打败晋军，雪耻荣归。

其五，进取性错误应当容之。

有的工作是创造性的，过去没人干过，无鉴可借，干起来难免出现失误，此类错误尤应容之。国外一些成功的大企业家对本企业聘用的经营管理人员，往往提出这样一个要求：在受聘的一年之内，允许而且必须犯一次以上的“合理错误”，如果做不到这一点，此人在第二年就将被解聘——因为他一定是一个不思进取、能力低下的平庸之才。所谓“合理错误”，是指工作中勇于开拓、敢于担风险的人员，由于竞争对手太强，而自身力量不足，或者因为他方配合不够、不守信用而产生一些非主观性的失误和问题。那些诸如知法犯法、怠工懒惰、粗心大意、莽撞胡闹等错误则不在其列。国外企业的这条用人原则，使那些不求有功，但求无过，思想保守的人被淘汰，增加了企业的活力。

人的许多过错都发生在无意间，如果因过错伤害了别人，犯错者就会满怀歉意，并会想方设法弥补过错。假如受伤者能宽容，过错就会向积极的方面转化；假如非要斤斤计较，歉意就会转化为敌意。生活中的许多小矛盾激化成大冲突，小纠纷酿成大惨案，都是因为不能宽容，得理不饶人，把人逼急了的结果。一个人在歧途上，拉一拉就走上了正路，推一推就越走越远，他如果觉得没有了退路，就会不顾一切甚至铤而走险。犯罪学专家进行了调查研究：有的人之所以成为惯犯，并非其本质很坏，而是在其失足后，得不到社会的宽容，人家都嫌弃他，于是才破罐破摔。宽容给人活路，宽容能使失足者放下包袱，轻装上阵，把以后的路走好。

记住古人所言“记人之善，忘人之过”，方能宽容别人。如果因为一时一事被人误解、中伤，就一辈子耿耿于怀，岂不是为难自己？“君子不恶人，亦不恶于人”，这才是君子风度。国外有谚语说：“宽恕别人的过失就是增加自己的荣誉。”这荣誉，也就是对君子风度的回报。

当然，容人之错不是宽大无边，也不是容忍一切。容人之错更不等于容人之罪，对于违法乱纪的犯罪行为，决不能宽容大度。

容人之仇
——曹操容了张绣之仇

曹操起兵十五万，亲讨宛城张绣。张绣听从谋士贾诩的意见，举众投降。

一日，张绣家人密报张绣说，曹操每日与邹氏取乐，共宿帐中，这邹氏乃张绣之叔的夫人。张绣听后怒曰："操贼辱我太甚！"于是请贾诩商议，贾诩献计说，曹操有猛将典韦护卫，急切难近。典韦之所以可畏，全仗双戟，可盗其戟，典韦便不足畏。

张绣令贾诩致意，请典韦到寨，殷勤待酒，至晚醉归。是夜，张绣进攻曹寨，典韦因失戟而战死。张绣率军杀死了曹操的长子曹昂、侄子曹安民，曹操自己的右臂也被流矢所中。曹操和张绣两人从此结下深仇。

次年，张绣用贾诩之计大破曹操，曹操折兵五万余人。曹操与张绣之间的旧仇又添新恨。

后来，张绣投靠曹操，曹操不计前嫌，不仅不去报杀子之仇，而且还同张绣结成儿女亲家，并拜张绣为扬武将军，封贾诩为执金吾使。张绣在后来的作战中，为曹操统一北方竭尽全力，立下了汗马功劳。假如曹操以私仇为重，则统一北方不会那么顺利。

春秋时期，齐桓公不计私仇，重用管仲，管仲竭力报效，终使齐桓公成为春秋五霸之首。古人尚能容人之仇，今人更应容忍小怨小隙。大家在一起，难免磕磕碰碰，发生矛盾。如果记恨在心，伺机“以牙还牙，以眼还眼”，则小怨必积成大怨，甚至反目成仇。大度之人，以事业为重，以私仇为轻；以长远为重，以眼前为轻；以理解为重，以怨气为轻。

究竟用什么来消除仇恨，化解仇恨呢？

佛家有言：仇恨永远不能化解仇恨，只有爱才能彻底化解仇恨。

林肯说：我发现了一个彻底消灭敌人的最好办法，那就是用爱把敌人变成朋友。

作家罗兰说：人生应该学会忘记，忘记仇恨。忘记是淡化、消除仇恨的唯一办法。

许多人的人生之路越走越窄，烦恼越来越多，甚至走不通了，那可能是被仇恨挡住了。

古希腊神话中有一位力大无比的英雄，叫海格利斯。一天，他走在坎坷不平的山路上，发现路中间有个口袋似的东西，很碍事，他便踢了它一脚，想把它踢开。谁知那东西不但没被踢开，反而加倍膨胀起来。海格利斯恼羞成怒，操起一根粗大的木棒，使劲砸它，它竟然再次膨胀，大得把整个道路都堵死了。这时，山中走出一位圣人，对海格利斯说“朋友，快别动它，别把它当回事，离开它，自己远去吧。它叫仇恨袋，你不惹它，它便小如当初。你老记着它，老是踢它，它就会无休止地膨胀，最后还会挡住你前进的道路，与你对抗到底。”

那位圣人的话没错。如果一个人心中时时怀着仇恨，怀着此仇不报非君子的念头，这仇恨就会像海格利斯遇到的仇恨袋一样，一次次膨胀，直到它大得足以阻挡心灵的阳光和前进的脚步，让人没有快乐，不再进步，朋友散尽。仇恨这个东西，会搅得你不得安宁。《列子·周穆王》记载：宋人华子患了健忘症，“朝取而夕忘，在途则忘行”，“荡荡然不觉天地之有无”。后来有高人治好了他的健忘症，他竟然又把平生数十年的恩恩怨怨都记起来了，以致把妻子的点滴不是和儿子的种种不敬、邻居的方方面面过失都念挂于心，最后责妻罚子，操戈逐邻，搞得鸡犬不宁。由此可见，记仇有时会成为人们幸福生活的“绊脚石”，安享人生的“阻路钉”。

蹉跎岁月，人生如歌，人们何必过分计较那些过往的烟云，何必背负着那些无谓的怨恨，苦不堪言。

容人之异

——耒阳县凤雏理事

鲁肃向孙权举荐庞统。鲁肃说："此人上通天文，下晓地理，谋略不减于管、乐，枢机可并于孙、吴。昔日周公瑾多用其言，孔明亦深服其智。现在江南，何不重用？"孙权邀见庞统。孙权见庞统浓眉掀鼻，黑面短髯，形容古怪，心中不喜，孙权问庞统："公之才学，比公瑾如何？"庞统笑曰："某之所学，与公瑾大不相同。"孙权平生最喜周瑜，见庞统轻之，心中愈不乐，便不想用他。庞统退下后，孙权曰："狂士也，用之何益？"

这之前，正巧诸葛亮赴柴桑口吊周瑜之丧，诸葛亮事毕回荆州时，留一封举荐信给庞统，嘱曰："吾料孙权不能重用你，稍有不如意，可来荆州，共扶刘备。"孙权既然不愿用庞统，庞统便去投刘备。庞统见刘备，长揖不拜。刘备见庞统貌陋，心中亦不悦。庞统并不取出孔明的举荐信。于是刘备打发庞统到耒阳县当一名县宰。庞统上任后，不理政事，终日饮酒为乐，刘备闻之大怒，让张飞、孙乾去调查。张飞到了耒阳县，亲眼目睹了庞统的大才，并向刘备极力举荐。

刘备知错便改，敬请庞统到荆州，刘备下阶请罪，拜庞统为副军事中郎将。

庞统是位大才，昔水镜先生曾言：伏龙凤雏，两者得一，可安天下。由此可见，庞统的才智与孔明比肩。大凡有能力的人常常有一些小毛病，例如，不修边幅，不拘小节，性格古怪，说话不慎，好发狂言行狂举，对领导不买账。但是，绝不能像孙权那样因此而不重用他们。试问，用那些四平八稳，不求有功，但求无过，只求人缘好，遇事不哼不哈不表态的庸才，事业还能持续发展吗？

尊严，是多数人极为看重的东西，不能失，不可辱。但是有人恃才傲物，不把别人的尊严放在心上，无视别人的权力、地位，别人该如何待之？闲居隆中的诸葛亮，虽“躬耕陇亩”，但常论晏婴，自比管（仲）乐（毅），高唱“大梦谁先觉，平生我自知”。那桃园三兄弟三顾茅庐，雪天跑空路，两吃闭门羹。这诸葛亮“狂傲”得够可以的了，刘备忍之，但也正是这种“狂傲”，使刘备三分天下有其一。

有些历来喜欢唯命是从的人，一见“傲慢无视”之态，怒气便油然而生，他们不懂得“良弓难能，然可以及高入深；良马难乘，然可以任重致远；良才难令，然可以致君见尊”。一般才高识远之人，往往个性独特。他们看问题透彻并有远见，技艺超群，说话办事不随大流，有独到之处，有时不分场合出“狂言”、行“狂举”。但是，绝不能因此而不接近他们，不重用他们。特别是当他们出于公心而伤害到自己自尊的时候，应当理解，不可发怒责怪。事业与自己个人的自尊相比，不是更重要吗？事业的成功，可以为自己赢得更大的尊重。这看似“伤自尊”的委曲求全，却可以使人收获更多。

汉代袁康曰：“有高世之才，必有负俗之累。”所以用人不可求全责备，有高山必有深谷，大才者，不拘小节；异材者，常有怪癖。用大才者，不计小疵。

容人之短

——曹操杀蔡、张二将

古人云："人之才性，各有长短。"即世无完美之人，金无十足之赤。人，总是优点、缺点并存。

古人云："不以求备取人，不以己长格物。"即不以己之好恶定别人长短，不以己之优势来否定人之长，不以己之情感待人之短。否则，必致长短界限混淆不清，造成人才的重大损失。

曹操在容人之短方面有高见。曹操曾说过："若必廉士而后可用，则齐桓公其何以霸世！""陈平岂笃行，苏秦岂守信邪？而陈平定汉业，苏秦济弱燕。由此言之，士有偏短，庸可废乎！"曹操认为"文俗之吏，高才异质"，未必能为将守，而"贪污辱之名，见笑之行，或不仁不孝而有治国用兵之术"。曹操之言正是容人之短的真知灼见。

曹操在行动上却背离了他的用人理论，具体表现在杀蔡瑁、张允这件事上。曹操为什么一看蒋干盗来的假书信，便当机立断，将水军都督蔡瑁、张允立刻处死？一是因为感情冲动，丧失理智；二是他一向对蔡、张二人弃主来降十分反感，总认为他们是"谄佞徒"，极其憎恨二人的品行，只是因曹操军队不习水战，才暂留二人效力，又疑心他们怠慢。赤壁一战，曹操全军覆没，与水军失去良将不无关系。可见，曹操从个人感情出发，不能容人之短所带来的危害之大。曹操如果“不以己长格物”，容蔡、张之短，而用其谙熟水战之长，赤壁之战即便败了也不至于败得如此之惨。一个人不应以己之好恶作为判定别人长短的标准。

古人云：“目中有疵，不害于视，不可灼之。喉中有病，无病于息，不可凿也。”意思是眼睛里有小瑕赘，但是并不妨碍视觉，就不应烧灼它；嗓子里有病，不妨碍呼吸，就不能刺穿它。同理，人的缺点、弱点只要不碍其用，可以不予计较。春秋时，魏文侯一次问翟璜，谁能镇守军事要地西河，翟璜答道：“我举一人，姓吴名起，此人有大将之才，现在从鲁国来魏，您如果要用，赶快将他召来。”文侯却说：“吴起这人品德不行，且性情残忍，难以委托重任。”翟璜说：“我所荐之人，是取其能为国王成一日之功的，其品行我看就不必计较了。”用人者要有一个清醒的认识，用人是用他做事，并非要一个不会做事的贤人。

容人之短并非无视其短。如果其短处有明显的危害，则应首先帮助其迅速克服缺点，同时尽量发挥其长处。对于人之短，应当以法制去控制、约束它。自律是必要的，但是自律不是万能的。若要人少犯错误，监督他，盯住他，抑制他的短处，让他没有干坏事的环境，让他即便有“贼心”也没有“贼胆”。监督他，也就保护了他。

容人之短，要有一个等待由短变长的耐心。人之长短并非固定不变，它们之间可以相互转化。长期以来，人们有一个习惯，即考查人总要考查其是否成熟，用人总是要成熟者。成熟者虽好，但不成熟者也不可弃之不用。人由不成熟到成熟需要一个过程，人之成熟，有一定的条件，这就是教育与实践。一个人离开实践的锻炼和提高，是永远成熟不了的。弃之不用，岂不永远成熟不了。成熟虽“长”，也有其“短”，成熟者多虑，遇事非思虑再三不可，也会错失成功的机会；不成熟者往往思想单纯，办事果断，初生牛犊不怕虎，却也会因冒险而取胜。

现实生活中的许多开创者、改革者，思维活跃、开拓进取，显示了比一般人更强的能力、更多的长处，但由于干得多，所以在实践中暴露出的缺点、短处也可能比一般人要多。一些优点突出的人，缺点也很突出，像电视剧《亮剑》中的李云龙，若不容其短，其长也就难以发挥。所以容人之短是对开拓者的保护。人常言要保护弱者，其实强者也需保护。强者之短，常常暴露在光天化日之下，看其短的人多，议论其短的人多，批评其短的人多，强者极有可能成为众人首先否定的对象。从某种程度而言，强者也是弱者。若不能容其短，则天下改革者难行。

容人之长

——徐庶荐诸葛，诸葛荐庞统

《三国演义》中有许多尊才敬贤，容人之长的典范，像徐庶荐诸葛，诸葛荐庞统，这些典范万古流芳。

刘备的军师徐庶得知老母被曹操奸计赚至许昌囚禁，十分着急，一定要去许昌探母。刘备不忍相离，送了一程，徐庶涕泣而别，刘备凝泪而望。刘备正望间，忽见徐庶拍马而回，忙问缘由。徐庶说："我因心绪如麻，忘了一件大事。此间有一奇士，住在襄阳城外二十里隆中，使君可亲往求之。"刘备问："此人比先生才德如何？"徐庶说："以某比之。譬犹驽马并麒麟，寒鸦配鸾凤。此人每尝自比管仲、乐毅，以吾观之，管、乐亦不及此人。此人有经天纬地之才，盖天下一人也。"徐庶告诉刘备，此人叫诸葛亮。徐庶不但向刘备推荐了诸葛亮，而且特意去卧龙岗，入草庐见诸葛亮，动员诸葛亮出山辅佐刘备。诸葛亮比徐庶才高，但徐庶毫无嫉妒之心，可谓容人之长。

诸葛亮在周瑜死后，历险赴柴桑口吊丧。吊丧祭奠已毕，诸葛亮在回荆州时，于江边遇见庞统，庞统乃大才，与诸葛亮齐名。孔明留下一封书信给庞统，这封书信其实是向刘备推荐庞统的介绍信。孔明嘱咐庞统曰：“吾料孙权必不能重用足下，稍有不如意，可来荆州，公扶刘备，刘备宽仁厚德，必不负你的平生之所学。”诸葛亮明明知道庞统的才能不在其下，仍推荐庞统与自己共事。诸葛亮的容人之长，更是道德品质的升华。

容人之长难于容人之短。容人之短，既体现了自己的宽宏大量，又使有短处者感恩戴德，两全其美。而容人之长却不同了，因为“珠玉在侧，觉我形秽”，所以，容人之长更需大度量。是金子到哪里都能发光，是人才到哪里都能大展宏图，因此，受损失的反而是不能容人之长者。

历史上嫉贤者自己被赶出人生舞台的例子不少。水泊梁山最初占山为王的是白衣秀士王伦，因为嫉妒心太重，容不得林冲之长，又容不得晁盖等七雄之长，最终被林冲火并而亡。宋江就大不同了，宋江有容人之长之度。那一百零七员好汉，个个身手不凡，各怀绝技，宋江容之，不但容之还好生相待，那一百零七员好汉谁人不服宋江？战国时期魏国的庞涓容不得孙膑之长，变着法儿地害孙膑，最后在马陵道战役中被孙膑打败，庞涓终至自杀身亡。不能容人之长，不但葬送事业，也会被天下人耻笑，毁了名声。

容对手之长更需要涵养。18世纪的法国科学家普鲁斯特和贝索勒是一对论敌，他们对于定比定律争论了9年之久，各执一词，谁也不让谁。最后，普鲁斯特以胜利告终，成了定比定律的发明者。普鲁斯特真诚对曾激烈反对过他的论敌贝索勒说：“要不是你一次次地责难，我是很难深入地研究下去这个定比定律的。”同时，他向公众宣告，发现定比定律，贝索勒有一半的功劳。普鲁斯特容忍人反对自己，充分看重论敌的长处，并吸收其营养，这种宽容让人感动。

容人之长，特别是敢于和善于任用才能高于自己的人，必然会使四方人才汇集麾下，使事业发达，同时，声名大震，形成“孟尝之风”。人抬人高，水涨船高，用人者容人之长，会愈发受到下属的敬重。与此相反，一个忌妒心重的人会使同僚不睦，使伙伴相拼，使下属难安。

国外一家大公司的总裁，有一天召集中层领导开会，他拿出大、中、小三个木偶，说：“如果我是这个大木偶，你们是这个中木偶，你们的部下又是这个小木偶，那么我们的公司就是这个小木偶。”这一生动的比喻清楚地说明了一个道理，敢用多高的人才，企业就有多大的实力。

北京某文化传播公司一则招聘启事写得好：

如果我们只雇佣比我们小的人，

我们将变成一个侏儒公司。

如果我们雇佣比我们大的人，

我们将会成为一个巨人公司。

美国钢铁大王卡内基是一个有智慧的人，因为他容人之长，他把自己成功的秘密留在了他的墓志铭上：“墓里躺着一位知道用比自己能力强的人来为他服务的人。”

锋芒勿太露

——青梅煮酒论英雄

汉献帝设朝，问刘备的祖先为何人，刘备奏曰：臣乃中山靖王之后。献帝令人取宗族世谱检看，查得刘备乃献帝之叔。汉献帝拜刘备为左将军宜城亭侯。自此人皆称刘备为“刘皇叔”。

刘备怕树大招风，被曹操谋害。于是在自己住处后园专心种菜，亲自浇灌，以为韬晦之计。关、张二人问道：“兄不留心天下大事，而学小人之事，何也？”刘备曰：“此非二弟所知也。”刘备的韬晦之计，连关、张都不理解，刘备也不对二人说明，可见刘备多么谨慎小心，恐怕祸从口出。

一日，曹操约刘备小亭一会，盘置青梅，一樽煮酒。二人对坐，开怀畅饮。酒至半酣，曹操让刘备评价天下英雄。刘备于是将袁术、袁绍、刘表、刘璋、张绣、张鲁、韩遂等一一列出，谁知曹操认为这些人要么色厉胆薄，好谋无断；要么冢中枯骨；要么虚名无实；要么乃守户之犬；要么为碌碌小人，这么多人均无足挂齿。

曹操曰：“作为一个英雄，应当胸怀大志，腹有良谋，有包藏宇宙之机，吞吐天地之志。”刘备问：“那么到底谁可以称为英雄？”曹操用手指指刘备，又指指自己，曰：“今天下英雄，唯你我二人！”刘备闻言，吃了一惊，手中所执筷子，不觉落于地下。刘备为何吃惊？原来他热衷于种菜，就是把自己装扮成一个胸无大志、整天无所事事的“小人”。不料，曹操不把当时众多拥兵占地的诸侯放在眼里，却把无兵无地、寄人篱下的刘备看做是英雄，而且看做与曹操一般。刘备怕就怕曹操把他看做是个人物，怕曹操因为他是个人物而谋害他，所以才大吃一惊。

因为刘备不露锋芒，虽然“勉强从虎穴暂栖安身”，倒也平安无事。当时若不用韬晦之计，哪有日后的刘、曹、孙三分天下。

敢露锋芒者，一般下场都不太好。不妨多举几个例子：

明代的魏大中42岁时才进士及第并被授予官职。他官阶八品，在朝中尚无发言的地位，可是他对人对事都看不顺眼，而且口无遮拦，结果招致他人嫉恨。他自己虽清廉刚正，但不与人交往，这在官官相护的时代是行不通的。他结交的都是东林党人，并与当时权势显赫的魏忠贤为敌。后来，他上疏弹劾奸党，反遭诬陷。皇帝怜他廉洁正直而放过了他。但他最终还是被锦衣卫抓入狱中，折磨致死。

海瑞，以正直廉洁闻名，但锋芒太露，结果一生被人排挤，到处碰壁，郁郁不得志。他仗着自己一身正气，不将任何人放在眼里。其结果是既无能力改变世俗，也没过上一天舒心的日子，最终还被罢了官。

春秋时的吴起是一个很有本事的人，他历事鲁、魏、楚三国，每到一处都因才遭嫉，无法立足，最后竟被楚国的宗室大臣乱箭射死，下场很悲惨，吴起之死在于他太有才华，太能干，而且锋芒太露，太想急于表现自己的才华。

汉初三杰的韩信不知收敛锋芒。刘邦问他：“你看我能带多少兵？”答曰：“十万。”再问：“你能带多少兵？”答曰：“多多益善。”虽说刘邦几年后才收拾他，其实这会儿已经对他起了戒心。

才子杨修，曹操想什么他都清楚，结果被曹操所杀。后人评价说，杨修是因为他过于聪明才招致杀身之祸的。其实，杨修是葬身于卖弄聪明，葬身于太不懂收敛。

如果上述的那些人能收敛一下锋芒，学会保护自己，一边为天下黎民，一边实施自我保护，哪里还会落得那些不好的下场呢？实际上，两者可以兼顾，并不一定非要顾此失彼。假如事业成功而个人生活失败，能算真正的成功吗？

人的锋芒可以露，但无须太露。有些年轻人，涉世之初，生怕自己的才华被埋没，于是便锋芒毕露，可事实上，过于逞强，就难免会出现心有余而力不足的尴尬；过于炫耀，就势必强加于人，招致别人的心理失衡；过于表现，就会给人以狂傲的印象。而有些人则含而不露，韬光养晦，大智若愚，表面上他们讷言寡语，谁知颇有大略雄才。他们并非总是居人之下，他们“三年不飞，一飞冲天”，“三年不鸣，一鸣惊人”。

韬光养晦。韬，即弓袋，弓之衣也；韬光，即收敛锋芒，隐藏才能。晦，即暗，不清晰；养晦，即善于屈居不显露之处。韬光养晦，即像把箭收藏起来那样暂时隐藏自己的才能或锋芒，待时而现。

“君子藏器于身，待时而动”，这是一种智慧啊。

煮酒论英雄

第四章 思维比知识更给力

不去应用，知识变不成力量

——张昭自取其辱

张昭是东吴的第一谋臣，是一位“饱学之士”，但是，他的丰富知识变不成力量，为何？因为他只会空谈，不会应用。当年孙策临死时给孙权留下遗言：“内事不决问张昭”，但通读《三国演义》全书，看不出张昭有多大本事，只看出了张昭始终是孙刘联盟的反对者。张昭空谈，被诸葛亮驳得体无完肤，给后人留下笑柄。

诸葛亮舌战群儒，首战张昭，他对张昭的反驳以结尾最为精彩：“寡不敌众，胜负乃其常事。昔高皇（刘邦）数败于项羽，而垓下一战成功，此非韩信之良谋乎？夫信（韩信）久事高皇，未尝累胜。盖国家大计，社稷安危，是有主谋。非比夸辩之徒，虚誉欺人：坐以立谈，无人可及；临机应变，百无一能。诚为天下笑耳！”张昭想嘲笑诸葛亮，却弄巧成拙，所以只得闭嘴。“坐以立谈，无人可及；临机应变，百无一能”，也就是俗称的“嘴巴式”。

接着，诸葛亮又一一批驳了群儒的无理攻击。诸葛亮针对群儒读死书不务实际的弱点批驳道：寻章摘句，乃腐儒之所为，怎么能够兴邦治国呢？小人之儒，只会雕辞琢句、写写画画、埋头书本，胸中没有计谋和主见。言外之意已很明显：你们不就是只知在笔砚之间，数黑论黄，舞文弄墨的腐儒、小人吗！真遇到大事还不是束手无策。最后群儒被说得尽皆失色，无言以对。

究竟什么是力量，说法多多，其中最著名的当属英国人弗·培根那句脍炙人口的名言："知识就是力量。"这句话，几百年来，一直鼓舞人们发奋学习。

只是力量吗？未必！有的人只知道培根说过"知识就是力量"这句话，却不知道培根还说过："掌握知识不是为了争论不休，不是为了藐视别人，不是为了利益、荣誉、权力或者达到某种目的，而是为了用于生活。"这就是说，求知的目的，全在于应用。列夫·托尔斯泰说得更直接："知识是工具，而不是目的。"掌握知识的目的是在实践中去运用它，去解决实际问题，而不是像张昭那样"坐议立谈"。

知识虽好，但是若不用于实践，不用它做事，知识变不成力量，空有知识而不做事的人则是一个两条腿的书架。诸葛亮有知识，张昭也有知识。诸葛亮用他的知识借来曹操的箭，借来东南大风，造出木牛流马，发明了连弩法，诸葛亮的知识是力量。张昭用他的知识谈天说地，天下事无一不晓，但他不去运用所学知识在赤壁抗曹战役中做一件事，张昭的知识不是力量。知识不应束之高阁，运用知识才可能有力量。

在现实生活中有的人志大才疏，谈古论今，夸夸其谈，大有超然之风，但一付诸实践，就眼高手低，毫无建树，甚至连一般的工作都搞不好。这类人"志大而才短，名重而识暗"。有的人"三斤重鸭子，二斤半嘴"。听其"指点江山"，宏论滔滔，令人佩服得五体投地，虽说不一定是"才高八斗，学富五车"，但也像个出类拔萃的人物。可是，如果认真考其学问，促之以行，其从满腹经纶的学者便立刻变为一只草包。

如果对张昭说："你是文盲。"张昭一定大为光火，我张昭读了那么多书，怎么会是文盲呢，不识字的人才是文盲。其实，以我们当代的观点，张昭真是个文盲。

联合国教科文组织出版的《学会生存》一书，曾以振聋发聩的语言向世人发出一句忠告——

"明天的文盲将不是目不识丁者，而是不知道怎么学习的人。"

怎么学习？第一个层次是"学懂"，第二个层次是"学透"，第三个层次是"应用"。

单纯学知识，是书斋式的学习。应试教育中造就了不少与考试有关的专家，教师中有指导学生考试的高手，有猜题的能人；学生中有百战百胜的考试尖子，见题就会做的解题机器，但是，相当多的学生，论解题应试、背书应试，无人能及，但实际的工作实践中却总是不及他人。

单纯学技能，是工匠式的学习。工匠式的学习，重技术而轻基础知识，重动手能力而轻动脑能力。动手能力，若不以知识、思维能力去驾驭，将永远为简单的重复与再现，而非创造。

综上所述，提高思维能力，认真学习知识，运用知识，发挥技能，才是创造式的学习。

不正确应用，知识变不成力量
——马谡唯书失街亭

齐白石老先生说：“学我者生，似我者亡。”意为艺术的生命在于创新。古今中外，兵法如云，例如我国的《孙子兵法》《孙膑兵法》《吴子兵法》《诸葛亮兵法》，外国的克劳塞维茨所著的《战争论》，军事家们都喜读兵法。这些兵法在古今战争史上都发挥了巨大的作用，指导军事家列阵布兵、攻城略地、守城御敌。

《孙子兵法》是世界古代第一兵书，是一个广博精深而比较完整的军事学体系。无论是论述战争、战略问题，还是论述作战方法问题，以及论述治军带兵问题，处处显示了唯物、全面的分析和深刻辩证的见解。这部《孙子兵法》在我国两千多年的战争史上，发挥了无与伦比的作用。但是，同一部《孙子兵法》，同一时代的人物，诸葛亮灵活运用《孙子兵法》，常以少胜多，以弱胜强。马谡却死背兵法，墨守成规，招致街亭惨败。可见，学兵法者生，抄兵法者败。

却说马谡、王平领命带兵到街亭。看过地势，马谡对王平说：丞相太多虑了，量此山僻之处，地势险要，魏兵如何敢来！街亭旁边有一山，真是天赐之险，就在山上扎营吧！王平说：我看把军营扎在要道处为好，这样才能坚守城池，稳扎营垒，魏军就是有十万人，也不能过去。若弃此道扎营山上，一旦魏兵将山围住，街亭必然失守。马谡搬出教条：兵法上说“凭高视下，势如劈竹”。若魏兵到来，教他片甲不回！王平说：我久随丞相经阵，每到一处，丞相尽意指教。今观此山，乃绝地也。若魏兵将水道阻断，我军会不战自乱的。马谡听了很不高兴，又搬出兵法说：难道你不知孙子兵法上有“置之死地而后生”这句话吗？假若魏兵断我水道，置我军死地，那将士会不死战吗？我熟读兵书，连丞相有事都问我呢。

打仗，不可能用公式去打，因为此一时非彼一时，必须具体情况具体分析。后来，司马懿确实把山的四周围了个水泄不通。蜀兵缺水断粮，并没有“置之死地而后生”，而是不战而逃，是司马懿又下令沿山放火，山上蜀兵更是溃不成军。马谡因惟兵书、惟教条而败。

人人都要读书，但不可唯书。读书有度，信书也须有度。

兵法上说：“兵贵神速。”兵法上还说：“欲速则不达。”到底采纳哪一句话呢？其实这两句话是一个整体，告诉人们要把握好时机，时机一到，迅速出击，时机未到，耐心等待，出击也不是越快越好，须用合乎实际情况的速度。因此，绝不可以上述的任何一句话作为决策的依据，须权衡利弊。

兵法上有“兵贵不复”之说，意思是说用过一次的战术，别人已经了解了，不应第二次再用。但是，抗日战争时期，刘伯承元帅却在同一处两次设伏，都打了胜仗。因为刘伯承知道兵法中还有一句话：“兵无常态。”如果每一仗都按照兵法打仗，岂不是把自己的战略战术完全暴露在敌人面前？

兵法只能提供一些原则、逻辑、道理，启发军事家的思维。具体情况还要军事家因时、因地、因人而决断。以“置之死地而后生”这句话为例，用在项羽解荥阳之围的破釜沉舟时管用，用在马谡扎营于山上时就不管用，因为其中被许许多多复杂的因素制约。

诺贝尔物理奖获得者温伯格说过一段叫板书本的话：“不要安于书本上给你的答案，要去尝试下一步，尝试发现有什么与书本上不同的东西。这种素质可能比智力更重要，它往往成为最好的学生与次好的学生的分水岭。”

正如温伯格所说的那样，我们的周围可能有两种人：一种人尽管一生都很勤奋和好学，读了很多书，有丰富的专业理论知识和实践经验，但总搞不出什么有价值的创造发明。另一种人读书不多，但颇有创新的智慧，但大都搞些小改小革，建树不大。古今中外各个领域的出类拔萃的杰出人物，一般都既读书又不为所累，他们从书本中吸收营养，同时不因读书多而妨碍创新思考。

培根的名言“知识就是力量”，家喻户晓，无人不知。培根还有一句名言：“知识本身并没有告诉人们怎样运用它，运用的智慧在书本之外。”可惜，培根的前一句话广为人知，而同样重要的后一句话却宣传得不够，所以才造成越来越多的人为知识所奴役——书读得越多，头脑离智慧却越远。

马谡立军令状

僵化思维的人不会正确运用知识

——曹操败走华容

僵化思维是一种一成不变的思维，做事、分析问题有固定的模式，该怎么做，不该怎么做，有不变的认识，今天这么做了，明天也应该这么做。僵化思维的人没有出路，这是因为它对人们形成枷锁，只让人按固定的老思路分析问题，看不到变化。僵化思维有两个特点：一是它的形式化结构，即形式化的程序、方法和形式化的意识；二是它具有强大的惯性，它的建立需要一个长期的过程，但一旦建立起来就十分稳固甚至顽固；曹操的僵化思维使他败走华容，要不是诸葛亮根本不想杀他，若不是义薄云天的关公放了他，赤壁之后还有曹操吗？

孔明命令关羽在华容道埋伏人马，并让关羽在华容小路高山之处，堆积柴草，放起火烟，引曹操来。关羽不解，问道：曹操望见烟，知道必有埋伏，如何肯奔小路来？孔明答道：岂不闻兵法虚虚实实之论？曹操虽然很会用兵，但这次却一定可以瞒过他。他见小路烟起，以为我们是虚张声势，必然投这条路来。关羽领了将令，引部下到华容道埋伏去了。

关羽的思维是一种固定的模式，关羽认为明明是埋伏，就应当不显山露水，放了烟，那么明显，曹操还能来吗？诸葛亮的思维灵活，认为放了烟曹操才能来，不放烟、静悄悄的，曹操还不来呢。

话说周瑜火烧了曹操的连锁战船，满江火滚。曹操慌忙逃上岸，又遇东吴吕蒙、凌统、甘宁、太史慈几路兵马；逃至乌林西，遇赵云；逃至谷口，又遇张飞。曹操残兵只顾急速逃命，有军士禀告："前面有两条路，请问丞相从哪条路去？"曹操问："哪条路近？"军士回答："大路稍平，却远五十余里。小路投华容道，却近五十余里，只是地窄路险，坑坎难行。""小路山边有数处烟起，大路并无动静。"曹操令兵马走华容小路。诸将不解，问："小路上有烽烟，必有军马，为什么反而走这条路？"曹操说："你们难道不知兵书上说过：'虚则实之，实则虚之。'诸葛亮多谋，必然会让人在小路山边烧烟，使我军不敢走小路，他却伏兵在大路等着。我偏不中他计！"

结果，曹操自以为聪明，偏走华容道，正中了关羽的埋伏。

关羽、曹操、诸葛亮都是有大智的奇才，都熟读过兵书，都知道兵法。为什么关羽不懂诸葛亮之计，曹操也中了诸葛亮之计呢？原因就在于曹操和关羽都用一种固定不变的思维看问题，只相信兵书上说的："虚则实之，实则虚之。"没有想到兵法无常法，虚也可虚之，实也可能实之，而诸葛亮则因地、因时、因人施计，他知道曹操准是这么想，因此，以非常规思维破了曹操的定式思维。

曹操不能说没有知识，可惜他的思维僵化，不分析对手是谁，便运用了兵书上的道理，正中了对手所设下的埋伏。有怎样的思维能力，就有怎样正确运用知识的水平。诸葛亮是创造型思维，曹操是僵化型思维，二人思维水平不同，一到实际战场上高下立分。

僵化思维的人没有出路，一是因为固执己见，人们常说，在哪儿跌倒，就从哪儿爬起来，但是在一个地方频繁跌倒又频繁爬起的人，你是否想过换个地方?

二是因为解决不了新问题。当人们面临新情况、新问题时，需要改革创新，僵化思维不但无能为力，而且会成为阻碍新观念、新思维的障碍。正如法国生物学家贝尔纳所说："妨碍人们学习的最大障碍，并不是未知的东西，而是已知的东西。"僵化思维的人只知道用常规方法，但是在有些特殊情况下，常规方法不管用。

三是因为"坑道视界"的羁绊。人在坑道里，空间太狭窄，视界太狭窄。所谓"坑道视界"，是指长期从事一种工作，狭窄、专一的工作，养成了单一的思维习惯，遇事总会不由自主地按照自己所熟悉的专业、学科思考问题，因此思路单一，好像在深深的坑道里，往天上看就是一条线的视界。

四是因为它过分迷信书本和经验，总是以不变的书本应万变，但是应付不了多变的现实。

五是因为见不多，识不广，只认准一条路，所以找不到新路。

吴越争霸的硝烟尚未熄灭，范蠡已经在盘算与西施隐遁山林，全身而退的计划了，当勾践的另一位大功臣文种被诛时，范蠡已成为日进斗金的大富翁。

当东吴的媒人刚刚踏足荆州时，诸葛亮已经为刘备准备了过江娶亲的三个锦囊妙计，令东吴"周郎妙计安天下，赔了夫人又折兵"。

当朱元璋正以席卷之势，摧垮陈友谅、张世诚、方国珍等各路义军时，官高爵显的刘伯温已在青田构筑其明哲保身的田园。

大地上有的是路，有的人眼里之所以只有一条路，是因为他们受头脑中的狭隘、单一、僵化的思维定式所束缚。他们不是没有能力走其他路，而是不认为那些是路。

肤浅的思维使人愚蠢

——张翼德长坂拆桥

张飞是一员猛将，在战斗的实践中也逐渐学会了用脑，义释老将严颜，计胜魏将张郃，足显其粗中有智。可是张飞最初却不懂得用智，虽然还想用点计策，但因为思维肤浅，常常弄巧成拙。且看张翼德大闹长坂桥一段。

张飞引二十余骑，至长坂桥，见桥东有一片树林，张飞心生一计，令二十多名骑兵下马，砍下树枝，拴在马尾上，然后在树林内往返驰骋，扬起滚滚尘土，造成大批兵马在此活动之状，以迷惑追兵。张飞却亲自横矛立马于桥，向西而望。张飞这个疑兵计是不错的。

曹操率兵马来到长坂桥上，见张飞怒目横矛，立马于桥上，恐怕中计。又见桥后树林之中，尘土大起，疑有伏兵，不敢近前。张飞大喝一声："我乃燕人张翼德也！谁敢与我决一死战？""战又不战，退又不退，却是何故！"喊声未绝，只吓得曹操身边夏侯杰肝胆碎裂，倒撞于马下。曹军兵马一时弃枪落盔，一齐往西奔走，人如潮涌，马似山崩，自相践踏，死伤无数。

张飞见曹军一拥而退，不敢追赶，速叫二十余兵士将桥梁折断，然后回马见刘备告之。刘备听张飞拆了桥，对张飞说：你勇则勇矣，可惜失于计较。如果不断桥，曹军恐有埋伏，不敢进兵；今拆断了桥，曹军料我军胆怯，必来追赶。曹操有百万大军，岂怕一座桥被拆断吗？果然，曹操听到张飞拆桥的消息后，断定必无伏兵，令一千兵士造桥，连夜过桥追击刘备。张飞拆桥显然是一个笨主意，笨在思维太肤浅，只想其一，不想其二。

何止张飞有笨主意，大将军何进的主意更笨，以致惹来杀身之祸。东汉末年，十常侍兴乱，大将军何进欲调外地领兵的大将进京平乱。主簿陈琳认为不可，恐外地大将到京后各怀一心，倒戈后更生乱。校尉曹操也认为，若欲治十常侍的罪，应当除去元恶，只一狱吏则足以胜任，何必纷纷召来外地兵将，这样事必暴露，反而不成。大臣郑泰、卢植也纷纷劝说何进。何进不但不听，反说众人多疑，不足谋大事。十常侍知外地兵马已到，将何进骗至宫内杀了。何进的肤浅思维不但使自身遭祸，而且引来奸臣董卓，又添新乱。何进的笨主意，笨在只顾眼前，不顾后遗症。

蒋干的主意也笨，明明知道周瑜与孙策、孙权患难与共，一身豪气，足智多谋，乃大英雄，还要自荐过江当说客。结果不但自己被堵上了嘴，而且又被周瑜利用。由周瑜导演，蒋干又演了一出盗书的丑剧。蒋干的主意笨在自作聪明。

周瑜乃大智大勇之人，但周瑜的“美人计”“假途灭虢”之计一一被孔明识破。周瑜的计策之笨，笨在用计只知己、不知彼，用计不看对象，自以为别人识不破，没有给自己留一点余地。

遇事必然需要思考，但是思维要冲破眼前局势的束缚，不可以近利牺牲未来，要高瞻远瞩地预见事物发展。思考忌肤浅、近视、鼠目寸光。诸葛亮华容道放曹就显示了其深刻的思维，张飞长坂拆桥就显示了其思维的肤浅。

肤浅的思维有以下几个特征：

其一，思维狭窄。

正确的思维应当广阔，前前后后、方方面面，抓住问题的全部，又不忽视重要的细节，要避免只见树木，不见森林的片面思维倾向。

我们不能为了解决一个问题而造成新的问题。张飞长坂拆桥延长了曹操进攻的时间，但暴露了刘备军队实力不济的实情，引发了更大的危险。

20世纪60年代初，英国泰晤士河两岸的一些工厂，为了减轻大气污染，采用了用石灰水吸收废烟气中的二氧化硫的办法。但是，大气污染的老问题解决了，却又带来了新的问题。形成的硫酸钙排入河中，造成了水污染。这就是只顾其一，不顾其二，只进行单项治理的原因。

肤浅的思维考虑得不周，谋划得不远。只顾一时得失，不顾长远利益；只思进攻，不愿退让；只知直来直去，不懂变通迂回；只管某个局部的“夺魁”“锦上添花”，不重视系统的整体优化；只管低头拉车，不考虑抬头看路；只考虑方案带来的好处，不考虑付出的代价。思维面狭窄是人生决策的大忌。

其二，思维僵化。

僵化思维是一种一成不变的思维，做事、分析问题有固定的模式，该怎么做，不该怎么做，有不变的认识，今天这么做了，便认为明天也应该这么做，对新生事物不接受、看不惯。僵化思维之所以肤浅，是因为它缺乏创新，不能与时俱进。僵化思维的人信奉“以不变应万变”，但是应付不了，时间变了、环境变了、情况变了，思维也必须变。否则，过去的“深刻”就会变成现在的“肤浅”。

其三，思维“近视”。

肤浅的思维是“即时”思维，着眼于解决眼前问题，很少考虑未来的发展变化。

短视思维也能产生一些暂时成效，给人一时的满足感，带来的很可能是更大的浪费，会给事业带来难以弥补的损失。

其四，思维保守。

肤浅的思维见不多，识不广，只按常规办法做事，只走一条路，所以找不到新的路。

吉林省其塔木镇有一个红旗村，有750亩沙地，村民们祖祖辈辈种玉米。试想，好地种玉米都不挣钱，更别说沙地了。750亩，年收入七万多，每亩挣个百元上下，谁也没想过种点别的试试。后来，韩国一家公司以每亩160元的价格租下这块地，干什么呢？种胡萝卜。他们比当地早一个月下种，大垄双行，用播种机一次性下肥、播种、埋坑。结果收获的胡萝卜又长又粗，呈现一片诱人的橘黄色。收获后当即运回韩国150吨，向俄罗斯出口150吨，余下的240吨，就地加工成胡萝卜泥、胡萝卜酱。当年就收入250万元，平均每亩三千三百多元。

红旗村当地村民因为受种地不挣钱思潮的影响，相当一部分人只是想如何外出打工或做买卖，自然拿不出新点子，找不出致富路。韩国人则不然，他们不为当地人种粮食作物的思路所左右，更不理睬什么种地不挣钱的谬论，以全新的视角打量这块土地。他们根据沙地的特点，根据市场需要，再加上自己的种植和加工技术，结合地租价格低、劳动力便宜等特点，形成一种独创的经营决策，从而以最低的投入获得放大的收益。

肤浅的思维局限于常识和习惯，满足于上传下达、因循蹈矩、趋同守旧，所以思维不能创新、求异、发散、突破。

其五，思维主观。

肤浅的思维者看问题太简单，自以为是，把别人当傻子，不知天地，知己而不知彼，往往自以为得意，却被人家来了个“将计就计”。

肤浅的思维会使人被假象所干扰。春秋战国时期的孙庞斗智，在庞涓看来，孙膑的部队第一天垒灶10万，第二天垒灶5万，第三天垒灶3万，兵力在3天之内减员7成，兵员不战锐减，逃跑众多，战斗力极弱，是追杀歼敌的好机会，结果正好相反。如果庞涓动动脑筋想想究竟，也许就不会吃这么大的亏了。从减灶推测孙膑兵员逃跑众多，这是第一层思维，仅有第一思维还不够，因为它还道不出减灶的缘由。因此还需要有第二层思维，为什么孙膑兵员3日之内只剩下3/10，如果找不到兵员锐减的正当理由，则可识破孙膑的减灶诱伏之计，不去穷追不舍。而庞涓只有第一层思维，导致了他兵败身亡。

张飞单枪匹马退曹军

思路是生存之路

——司马懿不想进空城

“谁笑到最后，谁就笑得最美。”只有生存下来，才有可能发展，发展了才可能笑到最后，“先生存，再发展”是人生智慧。

“空城计”的故事，人人皆知，大家都笑司马懿多疑，甚至愚蠢，中了诸葛亮的空城计。司马懿背着这么一个“傻”的名号，世世代代成为后人的笑柄，实在冤枉。其实，司马懿才不傻，他老谋深算，并非不敢进空城，而是实在不想进空城。他深知生存的重要，所以才不进空城。正因为司马懿有“先生存，再发展”的思路，所以后来才有三分归晋的历史，司马懿不进空城，有他自己的长远考虑。《三国演义》中有字之处说他不敢进城是怕中埋伏，书中无字之处才是他深层次的考虑，这得从司马懿如何再次出山说起。

司马懿比诸葛亮出仕早，但仕途却远不如诸葛亮平坦。诸葛亮出仕以来始终得到刘备的绝对信任，一人之下，万人之上，大权在握，没有任何政敌，不必为“内耗”而分心，不必提防着谁。司马懿则不同，他时起时落，由于性格的原因，政敌颇多，人缘不佳，受多人妒恨，受多方制约。曹操在世时，司马懿仅任主簿，地位不高，没有兵权。曹操对司马懿素有戒心，曾对华歆说过："司马懿鹰视狼顾，不可付以兵权，久必为国家大祸。"曹丕掌权后，司马懿才受到重用，官任骠骑大将军，一度青云直上。曹叡即位后，司马懿又处于不利的地位。诸葛亮为除去蜀之大患，知曹叡一向疑忌司马懿，便趁机施反间计，派人在洛阳等地散布司马懿谋反的谣言，又在四处贴上司马懿兴师废君的榜文告示。

魏主曹叡看到告示后大惊失色，信以为真，立刻动了杀机，欲除掉司马懿。朝中权臣们替司马懿求情的人极少，落井下石的却大有人在。太尉华歆力主"可速诛之"，司徒王朗主张"若不早除，久必为祸"。司马懿还是在大将军曹真的保奏之下才免了一死，被削职回家为民。若不是因为诸葛亮出祁山后屡战屡胜，魏国大将军曹真无计可施，曹叡亲临长安还是无济于事，司马懿恐怕真要老死家乡了。

司马懿乃老谋深算之人，何尝不知他此次能官复原职，并加封平西都督全系诸葛亮的"功劳"。司马懿深知，魏国满朝文武，只有他一人可与诸葛亮匹敌。有诸葛亮在，司马懿便在朝中有用，朝中政敌就奈何不了他。司马懿也深知，他此时即使全胜，根底仍很浅薄，还无力与太尉、司徒等权臣抗衡，诸葛亮是他在朝中求生存、求发展的"基石"。如果司马懿派小股部队入城，引出诸葛亮的埋伏；或者用大军将城团团围住，看你孔明弹琴弹到什么时候，都会取得胜利，可这不是司马懿所愿。一旦诸葛亮被捉住或被逼死，司马懿也就失去了价值，早晚会被朝中政敌所诛，这是司马懿不想进空城的原因，也是他的生存思维。

《三国演义》中"华容道"关公放曹一节，其实是孔明放曹，让关公做人情。当时，曹操只有约三百名疲惫不堪的兵将，正是诸葛亮擒杀曹操根除后患的绝好机会，此次机会丧失，绝无下回可言。但是曹操一死，孙刘联盟便失去了存在的基础，孙刘两家之间的大战即刻到来。这对在江南立足未稳的刘备是极为不利的。所以为了生存，以图日后发展，当时的曹操是万万杀不得的。

人，都有趋利、利己的本性，那是为了生存，无可非议。但是，你要生存，别人也要生存。共同生存、共赢、共同富裕，才是生存的最高智慧。

乐于吃亏是一种生存智慧。有一个经营钢材的老板，没文化也没背景，但生意却出奇的好，而且历经多年长盛不衰。他的秘诀其实很简单，就是乐于吃亏，喜欢合作，讲究双赢。在与每个合作者分利时，他都只拿小头，把大头让给对方，如此一来，凡是与他合作过的人都愿意与他继续合作，而且还会介绍一些朋友与他合作，像滚雪球一样，他的朋友越来越多。人人都说他好，因为他只拿小头。但这些小头集中起来，就成了最大的大头。你吃点“傻”亏，就能更大限度调动别人的积极性，促进你的事业兴旺发达，最初的“亏”事实上不是亏，笑到最后才能证明你的精明。

示弱也是一种生存智慧。示弱是人处于劣势时保存自己、发展自己的有效手段，“示弱”是忍。“枪打出头鸟”，人在强大时，你的强大对别人来说是个威胁，在不经意间把别人的眼睛刺痛刺红了。含蓄、节制重于金，乃生存、发展的法宝。

生活往往都是这样：你不给别人活路，最终将会自断生路，你给别人机会，其实也等于给自己机会。伤人一千，自损八百，倒让隔山观虎斗的人捡了便宜。

一位青年人到河边钓鱼，遇到一捕蟹老人，身背一蟹篓，但没有上盖。青年人出于好心提醒老人说：“大伯，你的蟹篓忘了盖上。”老人笑道：“小伙子，谢谢你的好意。但我想告诉你，蟹篓可以不盖，要是有蟹爬出来，别的蟹就会把它钳住，结果谁都跑不掉。”

某地发生大地震，有个小煤矿的工人出于求生的本能，谁也不甘落后，争先恐后往外挤。由于坑道口太小，把出口堵死了，谁也无法逃生。而在附近也有一个小煤矿，队长当时很镇定，他大声喊道：“大家不要挤，一个一个来。”他自己并不急于逃生，而是留在后面指挥，结果二十多个矿工全部安全逃了出来，他自己也脱离了险境。

“同行是冤家”，这是过时的竞争观。新时代的同行，既是竞争者，又是合作者。在竞争中互滋互补求团结，在团结中你追我赶求发展。竞争是矛盾的对立统一，你中有我，我中有你。恶性竞争不但扰乱了社会的正常秩序，而且必然导致两败俱伤。

助人就是助己。在前进的路上，搬开别人脚下的绊脚石，有时恰恰是为自己铺路。心疼别人，有时就是心疼我们自己。你给别人的，其实就是给你自己的。人际关系又被称为互惠关系。一般情况下，如果给予和得到二者的平衡消失，如果在人际关系中斤斤计较，关系之路将不可避免地愈走愈窄。没有人际关系之路，也将没有事业之路，因为没有人能脱离社会，独自生存、独自成功。

司马懿不想进空城

好心未必有好结果
——华佗之死

曹操患了头脑疼痛之病，寻遍良医，但都不能治愈。一天，华歆向曹操讲述了神医华佗技术如何如何高明。于是，曹操派人星夜去请来华佗，请他治病。华佗诊脉视疾后对曹操说：“大王头脑疼痛，因患风而起，病根在脑袋中，风涎不能出，仅仅靠服汤药是不可能医治好的。我现在有一个办法，就是先让你饮麻沸汤，然后用利斧砍开脑袋，取出风涎，这样大王的病就可以好了。”曹操听罢大怒道：“你要杀我吗？”华佗说：“大王听说过关公中毒箭，我替他刮骨疗毒的事情吗？关公当时面无惧色。现在大王患了这种小病，为什么这样多疑呢？”曹操说：“臂痛可刮，脑袋岂可砍开？你一定与关公有情，想趁此机会报仇。”于是令左右将华佗投入大狱。一代名医就是这样屈死狱中。曹操因多疑而死于顽疾，华佗因不善变通而死。

曹操多疑是老毛病了，当年杀吕伯奢全家，后来赤壁大战前夕杀水军都督蔡瑁、张允，都是多疑造成的悲剧。此次怀疑华佗，有曹操多疑心理的原因，也有一些正当的理由，曹操本来不认识华佗，谈不上深交，也谈不上浅交，曹操有理由不相信华佗，既可以不相信华佗会真心为他治病，也可以不相信华佗治病时会不失手，开颅与替关公刮骨绝对是两回事，一旦失手，关公损失的是一只胳膊，而曹操损失的是一条性命。

华佗之死，他自己也有责任，他以好心给曹操治病，但是没有用脑子分析其好心是否能实现，是否有好的结果，病人是否相信你，你的方案能否实施，他的医术虽然高明，但是他不了解人性的变化，更不会变通，好心反遭其害。

好心人办错了事，好心人没好报的情况常见。

第一种情况是好心有余但力不足，超过了自己的能力，好事就会向相反方向转化。

我们身边有一些热心人，喜欢给人家帮忙，但不考虑自己能力的大小，一味大包大揽，帮到一半帮不下去了，耽误人家的事不说，一片好心却得罪了人。一个人有多大能耐就办多大的事。千万不要因好心太大，能力太小，而适得其反。

我们身边有一些热心人，好心好意想让老百姓致富脱贫，但是却做了力所不能及的计划，好心没有好结果。北京有一个村子，村党支部书记想让本村群众过好日子，看见别的村做钢材生意发了财，自己也带领一批人四处去联系货源、联系买方。一年下来，钱倒是花了不少，可是一笔生意也没做成。为什么呢？因为他们没有条件做钢材生意，他们与钢材一点边儿都不沾。后来高人指点："你们村不是有一座大山吗？那山上的石头不是可以烧成水泥吗？"一语点醒党支部书记，找到了他们村发挥优势的拉动点，办起了水泥厂。恰逢那几年水泥紧俏，水泥厂的生意越做越红火。由于有了这个水泥厂，一系列配套行业也相继办起来了，如水泥纸袋厂、运输车队等。从此，村子彻底脱贫，成了那一带的先进村。

好心人办事必须量力而行，我们做好事时，除了考虑自己的善良意愿之外，更要考虑做事的方法和最终的结果，要有能力和手段让自己的一片好心有理想的结局。

第二种情况是好心帮了倒忙，愿望与效果不统一。

发奖金好吗？当然好，发奖金能刺激人的积极性，增加企业的竞争力。但是如果奖金发得太多、太勤、太细，就容易诱发人们不满足的心理。如果奖金发得不合理，就容易造成人们的不公平感，一旦心理不满足，一旦产生不公平感，就会滋生怨恨。

中国有许多好心的父母对孩子宠爱过度，吃的、穿的、用的、玩的，不但应有尽有，而且愈加高级；活儿一点儿不让干，苦一点儿不让吃。孩子在生活方面一点挫折都遇不上，但是，孩子这一辈子还长着哩，早晚要离开父母，长大以后下岗了怎么办？闯世界遇到苦难怎么办？遇到天灾人祸怎么办？很多情况下，好心的爱却可能成为一种伤害。

第三种情况虽然以好心办事，但不合时宜，超越了时代现实。

清末的光绪皇帝搞"百日维新"时确实有好的愿望，但他操之过急，他忘记了中国是一个封建思想统治了几千年的国家，从慈禧太后，诸位王公大臣，到众多的普通百姓，均对改革有很大的阻力。光绪不管三七二十一，一百多天一下子下诏书一百一十多道。光绪由于不善于变通，结果好心办了坏事，自己也成了一位悲剧人物，年少夭折。

说话需要合时宜，做事需要合时宜，改革需要合时宜。慢了不好，过快了也不好，卡缪说过："如无变通的智慧，出发点是善意的事，极有可能造成比恶意更大的灾害。"合时宜，会变通，好心才能办好事。

第四种情况是好心帮忙却帮不到点子上。

人家需要他点拨一下即可，他偏要包办代替，一帮到底，好像人家低能弱智似的，他辛辛苦苦做了事，人家还老大不愿意。人家需要的是实在困难时的帮忙，他却不管什么情况下能伸出手帮忙，忘了“斗米恩，升米怨”的道理，凡接受过他帮助的人，不管自尊心强弱，他们都有一个共同的心理，那就是他们不愿意将他的帮助当成一种精神负担。一旦他们感到精神负担过大，很可能感谢转化为埋怨。

好心人办事不一定有好效果，思路正确，会变通才有好效果。

仅仅有传承是不够的

——姜维为何没有“青出于蓝而胜于蓝”

赵云死后，五虎上将皆无。孔明所用得心应手的大将当属姜维。诸葛亮一出祁山时收姜维，当时对他抱有极大的期望，执姜维手曰：“吾自出茅庐以来，遍求贤者，欲传授平生之学，恨未得其人。今遇伯约（姜维字），吾愿足矣！”自此，姜维跟着孔明打仗，学得不少布兵列阵、运筹帷幄的本事。孔明临终时对姜维曰：“吾平生所学，已著书二十四篇，计十万四千一百一十二字。内有八务、七戒、六恐、五惧之法。吾遍观诸将，无人可授，独汝可传我书，切勿轻忽。”孔明又曰：“吾有连弩之法，不曾用得。其法矢长八寸，一弩可发十矢，皆画成图本，汝可依法造用。”孔明又对尚书李福说：“吾兵法皆授与姜维，他自能继吾之志，为国家出力。”

武侯死后，姜维继承孔明遗志，九伐中原，有胜有败，但均未最后成功。姜维九伐中原中的闪光点不多，只有在一百一十三回中姜维斗阵破邓艾和连弩箭破敌时有精彩之处，而八阵之法与连弩之法又均系武侯所传。姜维师出孔明，但并未超过孔明，而且在诸多方面大不如孔明。

姜维智广，又好学，对武侯所传密书掌握得很好，但为什么没有“青出于蓝而胜于蓝”呢？有两个原因。

其一，姜维不是全才。

诸葛亮是全才，入则为相治国安邦，出则为帅攻城略地。他集政治家、军事家、管理大师、公关大师、谈判家、仁者、贤者、智者于一身。诸葛亮死后，蜀汉再也找不出一位入则为相、出则为帅的全才了。先是蒋琬和费祎执政，他们二位虽然在内政方面有才能，但均是守摊的人，不会领兵布阵。当时，姜维直接统兵，姜维是一帅才，总想继承诸葛亮的遗志，兴师大举北伐，但是蒋琬、费祎的军事思想较保守，总是在兵力上限制姜维，影响了姜维的作为，使姜维缺少闪光点。后来，姜维当上了大将军，虽有杰出的军事才能，但他不是一位政治家，最后被宦官黄皓所逼，不得不外出屯田避祸。姜维虽然得到诸葛亮的真传，继承了诸葛亮的军事思想，敏于军事，深知兵法，但由于不是全才，约束了其军事才能的发挥。

诸葛亮的知识面宽，上知天文，下晓地理，洞察社会与人生，知识面宽的人易于综合、交叉、移植知识，易于运用他山之石攻玉。诸葛亮的才能广泛，各种才能之间相互影响、相互促进。博学者多能，能够全面发展。马克思之所以能创立共产主义学说，就是因为他的大脑是用“多得令人难以置信的历史及自然科学的事实和哲学理论武装起来的”。恩格斯之所以能著出《自然辩证法》，就是因为他不仅精通社会科学，而且精通生物学、数学、物理学、力学、天文学等自然科学。曹雪芹之所以能写出被认为“中华民族文化的骄傲”“古典文学的光辉顶点”的《红楼梦》，不仅仅因为他的独特身世，更因为他的博学，因为他对诗书礼易、琴棋书画、佛道医禅、历史地理、文学艺术等无所不通。姜维当然也是人才，可惜他只是专才、偏才，虽然他很用心学习和实践，但他比不上诸葛亮。

其二，姜维只知传承而缺乏创新。

诸葛亮有较强的创造能力，不但善于继承，而且善于创新。他熟读《孙子兵法》，用兵策略又不拘泥于书本，而是在学习的基础上有所发展。诸葛亮的八阵法，是他的一项重要创造，很受后人的重视。西晋时马隆曾用八阵法夺取凉州，北魏时刁雍用八阵法抵御北方的柔然族，唐朝的李靖根据八阵法又创造了六花阵法。姜维则不然，诸葛亮发明了木牛流马，姜维只会用；诸葛亮发明了连弩法，姜维只会照图纸制作；诸葛亮的八阵法有365样变法，姜维只熟悉变法，却没有再创造出第366样变法。纵观姜维，并无一项发明。

大科学家牛顿称自己"站在巨人的肩上"，这正是牛顿的成功之路。不继承、不学习，谁也不会变成无师自通的圣人。前人的经验太重要了，使我们不必从头干起，只需接过棒跑下去。为了能跑下去，而且跑得更远，那就必须创新。继承是重要的，但继承并不是不知变通，而是站在前人的肩上，一步一步地去发展。

历史上，"重复"别人的战法，死套他人的计谋，结果惨败的例子不胜枚举。楚汉相争时刘邦的大将韩信以"背水阵"击败敌军，但三国时的魏将徐晃与刘备战于汉水时，复用"背水阵"，却一败涂地。战国时，齐国的田单以"火牛阵"大胜燕军，而到南宋时，邵青套用"火牛阵"，结果被宋将王德一击即溃。到了近代，山东军阀韩复榘以羊代牛，复摆"火羊阵"，不但重蹈了前人失败的覆辙，而且还让对方白吃了顿"烤羊肉"，就更让人贻笑大方了。

重复他人的做法，要么无奇，不能出奇制胜；要么无新，跟在别人屁股后面，拾人牙慧；要么无秘密而言，把自己完全暴露在竞争对手面前。创新的本质是创造变化，不变则永无新意。

"兵贵不复"是句古代兵法的格言。其含义是指领兵打仗，贵在不重复，不硬套自己或别人已用过的旧战法，而应根据敌我双方的实际情况，不断变换自己的战法和策略。孙子说："战胜不复。"孙膑说："战不可一。"《淮南子》讲："用兵之道……所用不复，故胜可百全。"他们都把"不复阵法"当作取胜的可靠保证。诸葛亮巧施空城计，姜维再施一次试试，非败不可。

还是齐白石老人说得好："学我者生，似我者死。"对待书本、老师、别人的经验，学习是对的，但不可生搬硬套，要让它们在自己的土壤里生根发芽，开花结果。

清代学者袁枚说："欧公学韩文，而所作文不似韩，此八家中所以独树一帜也。"欧阳修学习韩愈文，采用了"不取亦取"，"虽师勿师"的学习方法，所以在学习中有所发展，有所创新，成为唐宋八大家之一。

单纯学知识，是书斋式的学习；单纯学技能，是工匠式的学习。只有在学习中训练思维，让大脑起飞，才能另辟蹊径，别有洞天，才是创造式的学习。对书本知识，对老师讲授，不能盲目崇拜，亦步亦趋，否则，将像姜维一样做不到"青出于蓝而胜于蓝"。"采百家之长，走自己的路"，此乃创造式学习方法的精华。

一个人应当走自己的路，闯出新路子，敢为天下先，不要总是步人后尘。一个只知继承不思改变的人，一个只知传承不懂创新的民族，是没有希望的。

求异才能创新

——以逸待劳破二袁

曹操与袁绍在官渡大战，袁绍初败时，元气尚存。后来曹、袁又在仓亭大战，曹操以十面埋伏之计，杀得袁军尸横遍野，血流成渠，大伤元气。袁绍败回幽州养病，不久便吐血而死。袁绍临死之前立三子袁尚继承爵位。

曹操手下众谋士一致主张，乘胜彻底消灭袁氏，只有谋士郭嘉不同意立即出征。国家认为，袁绍废长立幼，袁谭、袁尚兄弟之间，必然引发矛盾，各自树党，进行权力相拼。如果他们急功，他二人会结成联盟互相支援；如果我们退军，他二人的矛盾则会立即暴露出来，并导致兵戈相争。我们不如退兵，南向荆州去征讨刘表，在这段时间内等待袁氏兄弟自相残杀，一旦袁氏兄弟自己打起来了，我们再攻击，可一举破敌。

郭嘉的思维在于突破常规，在场人不易察觉和容易忽略的方面下功夫。乘胜追击败军的想法是常规的思维，不是不可以这样做，而是做起来要费很大力气。袁氏虽然刚败，但仍占据青、并、幽、冀四州，还有相当的实力。与其强行进攻，不如给二袁留下一个“无外患”的和平环境，让他们自相残杀，自损其力。进攻是常规思维，胜利后反而退兵是反常规思维，又称为求异思维。曹操听从了郭嘉之计，引大军向荆州进发。

果然，曹操刚一退兵，袁谭、袁尚便打了起来，国分两部。曹操闻讯后立即回兵，先破袁尚，再破袁谭，没费多大事就铲除了袁氏势力。

常规思维有自己的适用范围，用它解决有普遍规律的常规问题很有效。但是，常规思维有弊端。

其一，常规思维有时走不通，求异思维却可“柳暗花明又一村”。《水浒传》中取生辰纲，若用常规思维必走不通，吴用用求异思维，便可变“不可能”为“可能”，许多事情看似不可能，其实是被常规思维束缚，打破了常规思维，许多不可能就会变为可能。

其二，常规思维在相当多的情况下走得通，可惜只有一条路。茶水只能放在茶壶里沏着喝——常规思维。远足、爬山、旅游时想喝茶怎么办？有办法，带几罐易拉罐乌龙茶、冰红茶饮料就行，原来茶水还有别的喝法。

其三，用常规思维做事，过去曾经有效，今天未必有效。

其四，常规思维可以做事，但不一定做得很好。圆珠笔用久了会漏油，问题出在笔珠的耐磨性不够上，与其费大工夫，花经费去提高一支不值多少钱的圆珠笔的耐磨性，还不如在笔珠磨损前将笔芯油用完，看它还漏什么油。提高笔珠的耐磨性——常规思维，虽然可以解决问题，但费钱费事，用少装芯油的办法很简单地解决了圆珠笔漏油的问题。一般人由于常规思维定势的羁绊，往往压抑了聪明才智，用求异思维去解决问题，不是解决得更好吗？

何为求异？简言之，我的想法与常规想法不一样，我的想法比常规想法高明、简捷、有效、好用。求异就是创新，创新是改革、改进、进步。

与其说求异是一种方法，还不如说求异是一种艺术、一种创造、一种观念。

求异是一种艺术，是因为求异有技巧，有辩证法。例如，以退为进的战略本身是一种求异，郭嘉主张的“退”就是以退为进。什么时候退，退多少，分寸的掌握就要靠技巧。

求异是一种创造，是因为求异必出新，有新发现、新产品、新发明。没有人规定铅笔和橡皮必须分开，也没有人规定钢笔与墨水瓶必须分开。把橡皮和铅笔组合起来就是方便的橡皮头铅笔，把钢笔尖与墨水瓶组合起来就是自来水钢笔。求异，从常规中突破出去，就创造了千百件新产品。

求异是一种观念，因为它是一种认识社会、改造社会的哲学思想。认识世界不但需要异中求同，而且需要同中求异。求异的观念，就是认识变化、认识运动、认识差异，想前人之未想、做前人之未做，开拓进取。

处处皆有求异：

艺术讲究求异——异生同死。古人云：“无法之法乃为立法。”“无法”不是没有方法，而是方法的最高境界，是不拘成法的变革与创新。鲁迅说：“仿傍和模仿决不会产生真艺术。”

兵战讲究求异——兵贵不复。战争的一个明显特征就是不可捉摸，倘若你的一举一动都按常规出牌，你的整个身体岂不是暴露在敌人的刀枪剑戟之下。战争是一动态发展的事物。它的多变性决定了用兵施谋的多样性。只有随机应变，不拘一法，才能夺取战争的胜利。

科学研究讲究求异。任何新观念、新理论都只具有一时之新，随着科学研究的不断深入与发展，任何新的东西终究要转变为旧的东西。人类的求异思维是无穷无尽的，根本不存在什么“终极真理”，“科学无禁区”这句名言正体现在这里。

人生讲究求异，竞争讲究求异，经营讲究求异，广告讲究求异。

常规思维对于学习前人的经验，对于待人处世，对于自立于社会，融合于社会，对于建立和谐的生存发展环境，对于少走弯路，提高效率，是极为重要的。但是，在世界上，变化是永恒的、绝对的，不变才是相对的、暂时的，因此，不变的常规思维无法面对永恒的变化。所以，人们更需要求异创新思维。

第五章

适度比过度更如愿

人死了，何谈成就大业

——诸葛亮累死五丈原

诸葛亮是位非常优秀的人物，他不仅才智过人，而且有高尚的品德，有极强的敬业精神，他对蜀汉的事业，可谓“鞠躬尽瘁，死而后已”，令人感动。《三国演义》中描绘的诸葛亮“身长八尺，面如冠玉，头戴纶巾，身披鹤氅，飘飘然在神仙之概”，诸葛亮是中华民族智慧的化身。诸葛亮光彩照人、千古传颂。

诸葛亮是怎么死的，累死的。他只活了54岁，他的早逝是因为他管理职权过度、征战过度、操劳过度而致。三个“过度”，要了他的命，从此西蜀也走向败亡。

孔明包揽过度。他“事必躬亲”“亲理细事，汗流终日”“夙兴夜寐，罚二十以上皆亲览焉”，大事小事全操心。孔明征战过度。安居平五路后，西蜀没过几天消停日子，就来个七擒孟获，又是六出祁山，五十多岁的人连年征战，回师后又有成都的一大堆事忙于处理。孔明本想完成先帝的托孤重任，实现统一全国的抱负，但是只活了54岁就累死了。人死了，何谈成就大业？身体再结实，精力再充沛，人也是血肉之躯，这样长久拼命干下去，岂有不积劳成疾的！

被后人誉为“文坛国王”的法国大作家巴尔扎克，与诸葛亮一样，都是才智过人，又都是壮志未酬身先亡。

巴尔扎克一生写了上百部作品，《欧也妮·葛朗台》《高老头》是其中最为优秀的代表作品。如此高产高质的作家，在世界文学史上，恐怕还找不出第二个人来。巴尔扎克是个奇才，又是个工作狂，像《高老头》这样的世界名著，巴尔扎克一气呵成，只用了三天三夜便写了出来，这真是一个奇迹。

巴尔扎克拟订了一个庞大的写作计划，准备撰写143部作品，冠以《人间喜剧》的总题目。由于长年劳累过度，疾病缠身，巴尔扎克只活了51岁，这一宏伟计划只完成了91部。他临终是呼喊着《人间喜剧》中人物的名字："皮尔逊，皮尔逊。"就这样离开了人世。巴尔扎克是多么希望他塑造的文学形象名医皮尔逊来挽救他的生命，可惜壮志未酬身先亡。

巴尔扎克写作起来废寝忘食，不分昼夜，不顾身体，他每天工作十七八个小时，通宵达旦。为了使大脑一直处于兴奋状态，他每天靠喝浓咖啡提神。与其说巴尔扎克是拿健康作赌注，不如说他在肆意透支生命。把老年的生命、时间提前用了，还能有老年吗？

像诸葛亮、巴尔扎克等为事业不惜透支生命以致早逝的英才们，不论对自己对家庭还是对社会，都是巨大的损失。浪费时间，恣意挥霍时间固不可取，但为了事业置健康于不顾，任意透支生命，也不值得提倡。旺盛的精力寓于很健康的身体。一个体弱多病的人，空有其志而不能实现，徒有理想而不可达。

人生在世，理当勤奋，理当奉献。一个人什么时候都应当有追求，有些古稀老人还在上老年大学、学外语，这就是活到老追求到老。一旦失去了追求，人生也就没有味道了。年轻也好，年老也罢，心中都该有一个梦，一个真实而美好的梦。但是，追梦的路要一步一步地走。生活是没有止境的，工作是一辈子都做不完的。因此，应量力而行，循序渐进，万万不可把自己逼得太紧。过度劳累，极有可能适得其反。人不要挣命。挣命乃人生一愚。这种愚蠢披着好胜、好强的外衣，使人陷入种种不幸之中而不自知。挣命者就是明明做不成却偏偏去拼死拼活的人。

许多人虽有高才，但人不在了，才华也随之而去。时间对一个人来说，实在是太宝贵了。有时间，则可以做事，发挥才能，失去了时间，何言做事立业？如果再给诸葛亮几年时间，必定会有七出祁山，说不定大功告成。如果再给巴尔扎克几年时间，肯定又有许多名著问世。如果再给陈景润几年时间，歌德巴克猜想可能被攻破。可惜，这样的机会没有了，因为他们不再拥有时间。“没有时间了”，这已成为许多伟大人物临终前的最大遗憾。

杜甫在追念孔明的一首名为《蜀相》的诗中说：

三顾频烦天下计，两朝开济老臣心。

出师未捷身先死，长使英雄泪满襟。

我们对孔明未成就事业表示惋惜的同时，应当获取有益的启迪：

有追求，不苛求。

诸葛亮归天，姜维退兵

管得太多，成效反而不好
——诸葛亮事无巨细

诸葛亮去世后，西蜀后继乏人，朝中文靠蒋琬、费祎，武靠姜维。但是，蒋、费均为守摊之人，才气不足，且无进攻能力；武将姜维只能领兵打仗，缺乏治国安邦的能力，难负天下统一的重任。身为大将军的姜维竟然斗不过宦官，只得避祸屯田。蜀军更无大将，不用说刘备时代的关、张、赵、马、黄式的一流战将没有了，就是孔明时代的魏延、关兴、张苞、王平、马岱式的二流战将也没有了。原来数不着的三流战将廖化当上了主力大将，实在勉为其难。后人常用“蜀中无大将，廖化当先锋”一词讥讽一团体人才平平，只能是“山中无虎，猴子称大王”。

西蜀政权衰落得很快，原因就是缺乏杰出的人才。曹操、孙权的人才群如同接力跑，人才是一茬一茬的。曹操生前，有荀彧、郭嘉、荀攸、程昱等高才；曹操死后，魏国又有司马懿父子、邓艾、钟会等高谋之人接过智囊团的班。孙权的人才群，先是由周瑜、鲁肃等人组成，后又由吕蒙、陆逊等人接班。刘备的西蜀则不然，仅仅造就了一茬人才，孔明一死，竟无一位能继承事业的接班人，这无疑是导致西蜀灭亡的原因之一。

孔明只活了54岁，他的早逝是操劳过度、积劳成疾所致。而过度操劳又源于他“事必躬亲”“亲理细事，汗流终日”的包办做法。他“罚二十以上皆亲览焉”，可谓事无巨细。为此，主薄杨仪曾劝孔明：“处理政事，各有专责，上下之间，也有分别。所以古人说，王公是坐而论道的，士大夫是作而行之的。丙吉不闻横道死人，陈平不知钱谷之数，这都是名位不同，各有专职的缘故。现在丞相校阅薄书文件，汗流终日，岂不太劳苦了吗？”杨仪很有些管理头脑，他借两个历史人物劝诸葛亮遵循管理跨度原则。

丙吉是西汉宣帝的丞相，有一次他外出看见有人在街上聚众斗殴，死者伤者横于道路，丙吉却过而不问。有人问他为什么不闻不问，丙吉回答说：“民人斗殴，死伤归长安令、京兆尹来管。”

陈平是西汉文帝时的丞相，有一次汉文帝问他国家一年收入多少钱，陈平说：我不知道，可以问问财政部门。汉文帝又问他国家一年收入多少粮食，陈平说：我也不知道，可以问问粮食部门。汉文帝又问道：你这个丞相究竟干些什么呢？陈平回答：丞相上辅天子，下管群臣，这才是我应当做好的事。

所谓管理跨度，又称管理幅度，即管理者直接领导、指挥的人数。对于工作任务比较相似的、工作岗位比较相近的，可以加大管理幅度；对于工作任务复杂、工作岗位相距较远、工作任务需要协调，可以减小管理幅度。无论加大还是减小，管理幅度总有一个“度”，如果管理幅度过大，不但管不过来，而且会到处出漏子。所以，任何管理机构都有层次，上一个层次只管下一个层次，下一个层次只对它的上一层次负责，管理者才可能具有合适的管理幅度。

孔明事无巨细，全部包揽的做法有两点害处：

其一，不利于人才的成才和事业的永续。

孔明是个很讲情义的人，懂得知恩报恩。为了报答刘备的三顾知遇之恩，完成刘备的托孤重任，“政事无巨细，咸决于亮”。孔明包揽大小事情绝对不是为了专权，唯一的原因是对别人做事不放心，怕部下做坏了做错了事而损害了国家的利益。但是，在这种“不放心”之下，部属被夺去了应有的权力，其积极性和上进心大大受挫，其能力和水平因为缺乏实践而得不到提高。小孩学走路肯定要跌跤，但是人们绝不会因害怕孩子跌跤而不让他学走路。包办代替的做法影响了接班人经风雨、见世面，不利于他们的成长。

其二，容易犯主次不分，因小失大的错误。

领导者要想大事，做决策，抓全局性、关键性的工作，让部下去处理局部的、一般的、日常的工作。一个人无论怎样才华横溢，也不可能干好主、次所有的工作。如果什么都干，可能什么也干不好，就像什么病都治的药可能什么病也治不好一样。

将属于部下的权力授给部下，不但可以使领导者从琐碎的日常事务中解脱出来，专心处理大事，而且还可以使部下独当一面，发挥自己的潜能。领导者要想大事，作决策，抓全局性、关键性的工作，让部下去处理局部的、一般性的、日常的工作。因为人之所“管”，不专则不能。

记住罗曼·罗兰的这句话：“与其花许多时间和精力去凿许多浅井，不如花同样的时间和精力去凿一口深井。”

过犹不及

——六出祁山，九伐中原

话说诸葛丞相在成都，事无大小，皆亲自从公决断。两川之民，忻乐太平，夜不闭户，路不拾遗。又幸连年大熟，老幼鼓腹讴歌，凡遇差徭，争先早办。因此军需器械应用之物，无不完备，米满仓廒，财盈府库。

诸葛亮出则为帅，入则为相。安居平五路以后，诸葛亮利用短暂的和平时期，完善法制，发展经济，把两川治理得国强民富。可惜，好景不长，接下去在不长的时间内，诸葛亮又不断出征，先是带50万川兵大兴征战南方的孟获，耗时一年。南征得胜班师，方始回都，坐未安席，又来了个六出祁山。分别于建兴四年、建兴六年、建兴七年、建兴九年、建兴十三年六次率军北伐。诸葛亮死后，姜维继承他的遗志，九伐中原。

诸葛亮连续不断地南征北伐，六出祁山；姜维连续不断地九伐中原，耗费了大量国力。如果蜀国没有这么频繁的征战，而是上下团结一致，倾力治国，让国富民强兵壮，最后司马昭未必攻得下西蜀，鹿死谁手也很难说。

古今中外，因征战过度而失败的例子很多。

梁山义军自受招安后，破辽兵，胜田虎，战王庆，战无不胜，并无一将伤亡。但在征方腊时却不同了。出征前。108将整整齐齐；出征之后，仅剩36员；回兵途中，又有几位病故，有几位不愿回京当官，仅有27将回京，十损七八。虽然平了方腊，但是梁山好汉也付出了沉重的代价，浩浩荡荡的大聚义已不复存在，兴兴旺旺的梁山山寨已成过眼烟云。宋江的损失就在于征战过度，本来经过破辽兵、战王庆、胜田虎以后，人马疲惫，应当有一个较长时间的休整，但是宋江却主动要求再去征方腊，连续不断的征战，使梁山好汉的战斗水平必然大打折扣。世界万物都应当有一个度，有度才有优势，过度会使优势转为劣势。

日本有一个企业叫做“八佰伴”，创立于1930年，起初是一个规模不大的蔬菜店，经历了三十多年的风风雨雨，蔬菜店有了相当大的发展，1962年正式改名为八佰伴百货店。八佰伴壮大以后，开始向世界扩张。但是，它在日本国内根基不深，却一味强调实施全球战略，在国内外扩张过头，以致外胀内虚，最后，这个“巨人”竟在1997年宣告破产。八佰伴自己没有了强健的身体，硬要去跑马拉松，失败是难免的。心想发展，但不顾实际地盲目扩张，不但心想没有事成，反而危及生存，得不偿失。

凡事皆有度，无度必伤身。人过度积劳易生病，过度纵欲易生事。人也好，企业也好，过了度就会走向反面，人、企业的生存与发展皆有一定的规律，顺应规律，才能健康长寿；逆规律而行，短寿则必然。

“干了还不如不干，多干还不如少干”，是我们经常碰到的，也即多此一举，画蛇添足，弄巧成拙。人生所犯最具杀伤力的错误，也即最大数量的错误，就是过度了，过火了，过头了。

成语“过犹不及”是说事情做过了头，跟做得不够是一样的，都是不好的。其实，更多的情形是“过”了反倒不如“不及”。

饭吃得过饱，消化不良了，还不如吃个半饱。菜炒煳了，肉炒焦了，不能吃了，还不如火候差点。好话说得太多，近于阿谀，还不如少说点。幽默感太强了，近于轻浮，还不如幽默感差点。广告做得太玄乎，人家以为骗人，还不如少做。人过于聪明，聪明反被聪明误，还不如傻点……凡事火候过了，还不如欠点火，欠点火还可以再加火，过了火可就无法挽回了。

“过”字，本义为“经过”，经过之后就是一种超越，“超”加“过”即“超过”。如果再加上衡量事物的标准——尺度、限度，“超过”加上“限度”，即“过度”，便为失当，便为错误，因此又从“超过”引申为“过失”与“过错”。于是，人们从中悟出了“过”与“失”、“过”与“错”之因果关系：

过失，过失，一过就失。

过错，过错，一过就错。

“大”字与“太”字，别看“太”只比“大”多一点，可就是因为多了那么一小“点”，就超过了最“大”的限度，就会使事物走向了它的反面。人做事太顺了、太急了、头脑太热了、跑得太快了，就使事物走向反面。一“太”就“过”，这难道不是一条规律吗?

柔力似弓
——关羽强硬过度

《三国演义》中的关公乃忠义大英雄，关羽之死在于太“硬”，对曹魏将领硬，也就罢了，终归是对敌斗争嘛，当然对敌斗争也无须一味“硬”下去，也讲究软、硬两手。对孙权硬就一点道理也没有了，毕竟孙权是联合的对象。

曹操闻刘备自立汉中王，想联合孙权，于是派谋臣满宠说服孙权兴兵取荆州，刘备必发两川之兵以救荆州，那时曹操则兴兵取汉川，使刘备首尾不能相救。满宠说，破刘之后，共分疆土，誓不相侵。

孙权做了两手打算。一方面送满宠回魏，约会曹操，答应首尾相击刘备；一方面派人过江，探关羽动静。谋臣诸葛瑾曰：“闻关羽有一女尚未许人，某愿往荆州见关云长，与主公世子求婚。若云长肯许，即与云长计议，共破曹操；若云长不肯，然后助曹取荆州。”孙权采用了诸葛瑾的计谋。

诸葛瑾来到荆州，向关羽表明求亲之事。这本是两家结好，并力破曹的好事，愿意就应许，不愿意找个借口谢绝，不伤两家和气，但是关羽勃然大怒曰：“吾虎女安肯嫁犬子。”

人家诸葛瑾好心好意做媒说亲，被关羽骂了个狗血喷头，关羽强硬过度，不留余地，树敌过多，终酿恶果。关羽是强者，硬对硬也占了不少便宜，斩颜良，诛文丑，过五关斩六将，古城前斩蔡阳，水淹七军擒于禁、庞德。但是，在柔的方面却打了败仗，让陆逊来了一个以柔克刚。

老子向一位老先生商容请教。商容老得牙都掉光了。商容张开嘴让老子看，问老子："我的牙齿还在吗？"老子回答："您的牙齿不在了。"商容又问："那么，我的嘴唇还在不在呢？"老子说："你的唇还在，好好的哩。"商蓉指点说："你看，坚硬的东西早已不存在了，可是，软弱的东西还在。"老子说："我明白了。"

老子明白了，我们读了这则小故事也明白了，太硬的东西易折。生铁硬，但十分脆，用大锤一砸就碎。但是钢就砸不碎，顶多砸变形了。原来，钢里面有软软的碳。别小瞧这点碳，它使钢增加了柔性，减少了脆性。历史人物中过度强硬者不少，中国古代的商纣王、秦始皇、隋炀帝，强硬得很，残酷地压迫人民。人民群众忍无可忍，爆发了声势浩大的农民起义。结果商、秦、隋都灭亡了，被柔性较大的周、汉、唐取代。综观世间万物，山最硬，地最坚，海最软。然而，山崩地裂，火山地震时有发生，大海却始终保持自己的广阔。

太硬的东西易折有一定科学道理，我们可以从力学中找到答案。

第一，硬的东西与其他物体相互作用时，作用时间短，缺乏缓冲，缺乏弹性，所以受的冲力就大，物理学中冲量和动量的概念足以说明这个问题。一只玻璃杯一碰到硬的东西就碎了，一捆胶皮无论怎么摔打也安然无恙，玻璃杯不懂缓冲和退让，拿血肉之躯硬拼，岂能不粉身碎骨；胶皮却懂保身之道，你硬我软，减少碰撞的压力。做人又何尝不是如此呢？脾气暴躁，说话过伤强硬，得理不饶人，不讲人情，一个劲地“铁”下去，由于没有缓冲，不留余地，常常把事情搞得更糟。有缓冲就有退进，有退进才有自知。

第二，硬碰硬，你硬人家也硬。根据牛顿第三定律，作用力与反作用力是同时产生，大小相等，方向相反的。你伤害了别人，引起了冲突，自己也受到了伤害。过分强硬，不留余地的人，往往会树敌过多，对自己成就事业无益。

第三，硬的东西易折，常有一个量变到质变的过程。硬的东西看似硬，其实内伤积累。今天张三对他不满，明天李四对他还以颜色，久而久之，变成了孤家寡人。强硬者总是不知退让，所以总是受伤。

有人说，包公不是“铁”得很吗？其实，历史上的清官一则铁面无私，对贪官污吏“铁”；二则对民“柔”，爱民忧民，柔情如水。包公有“硬”的一面，包公也有“软”的一面：他居官爱民，奏请免除从民间征取的木材和财物，上奏将用于牧马的沃壤良田退还给老百姓耕种，建议停止修建一切不急需的工程，废除所有正税以外的苛捐杂税。包公如此，西门豹、海瑞、林则徐也是如此。

弯弯曲曲的弓，却射出疾矢，而且弓越弯，矢就越快，此乃柔胜刚也。

人生也应似弓，该伸则伸，该曲则曲，该硬则硬，该软则软，该进则进，该退则退，该争则争，该让则让，虽弯却不折，虽曲却不断。只有这样，才能在无数险恶的环境下立于不败之地。倘若不论青红皂白，一律针锋相对，以硬碰硬，以刚克强，要么，尚未出战身先死；要么，像梁山上的李逵那样总是受伤。硬打硬拼，不过是匹夫之勇。

端架子也须适度
——诸葛亮的谈判观

谈判，有时需要端起“被人求”的架子，但端架子也须适度，一旦架子端得太大，可能会把谈判的路堵死。

刘备三顾茅庐的故事早已脍炙人口，老幼皆知，无需再述。刘备此举已成为尊重人才的典范，故事中的诸葛亮展示了他高超的谈判技巧。

诸葛亮深知愈难得到的东西价值愈高的道理,于是把自己摆在被求者的位置上，坐而待价。但是，如果让刘备认为高不可攀，知难而退，断了念头，诸葛亮又怕失去遇明主的可贵机会。所以，他既牢牢掌握谈判的主动权，又不断给刘备传递信息，提出问题，防止刘备知难而退。

诸葛亮乃一代奇才，当然不会轻易出山。他把自己摆在被求者的位置上，一是抬高自己的身价，获得既为帝王臣又为帝王师的双重身份；二是要考察刘备是不是如人们传说的那样宽厚仁爱、礼贤下士、勤政爱民，考察刘备想做什么，能容怎样的谋士，今后将如何对待自己。如果不把自己摆在被求者的位置上，就不可能完成对刘备的全部考察。诸葛亮对刘备的考察，以刘备下跪痛哭苦苦哀求，哭得“泪沾袍袖，衣襟尽湿”才告结束。诸葛亮在被求者的位置上获得了为帝王师的地位，而不是如春秋时代平原君、信陵君、孟尝君们门下的谋士食客的地位。

在刘备三顾茅庐的过程中，诸葛亮虽然把自己摆在被求者的位置上，但始终把握着“度”，并没有盛气凌人，也没有失礼地强硬拒绝。他深知，阴极必阳，物极必反。细心的读者可以在看刘备三顾茅庐的过程中发现，刘备曾遇到过诸葛亮的密友司马徽、崔州平、石广元、孟公威，也遇到诸葛亮的弟弟诸葛均、岳父黄承彦等人。几乎所有与诸葛亮有极其密切关系的人全让刘备在新野、隆中两地之间的路上碰到，不可能如此巧合，这都是诸葛亮事先精心安排的。诸葛亮的密友、亲属们受他的委托，或歌，或诗，或言，不断地将诸葛亮的信息传递给刘备，不断向刘备提出问题，这才使刘备自信见面已成定局，才能面对孔明的春睡，而在太阳底下站了几个小时。

谈判桌上，“被求者身价高”是一条规律。谈判者应当利用“被求者”的身价，既有效地使谈判双方达成利益互惠的协议，又尽可能地为己方多争取一些实惠。所以，适当地端端架子，对对方不冷不热，与对手保持若即若离的关系，都是允许的，而且也是有效的策略。但是，如果，态度强硬得过度，架子摆得太离谱，世人望而生畏，不敢高攀，一下子把谈判的路堵死，那么，被求者就没人去求，被求者的身价立即下降，皇帝的女儿嫁不出去了，反而还得求人帮忙，谈判的砝码就会偏向他人。

过分的强硬会使被求者变成求人者，或者使谈判破裂。因此，处于被求者的未知的一方在策略上要有一定的弹性。谈判者不妨学学诸葛亮，既占据主动地位，又见好就收。如果孔明不向刘备传递一系列的信息，如石广元、孟公威在酒肆所歌:

"壮士功名尚未成，呜呼久不遇阳春！""独善其身日安，何须千古名不朽。"传递了孔明举棋未定的信息，如诸葛均的歌声："凤翱翔于千仞兮，非吾不栖；士伏处于一方兮，非主不依。乐躬耕于陇亩兮，吾爱吾庐；聊寄傲于琴书兮，以待天时。"更直截了当地传递了孔明要择什么样的明主，以展现宏伟抱负的信息。如果刘备得不到这些信息，很有可能断了念头。

谈判最忌使用强硬的语言。摆出蛮横的态度，被求者更要注意这点，否则一旦激怒对方，谈判破裂，对双方都没有好处，被求者的优势也就荡然无存了。孔明虽然在一顾、二顾茅庐中未曾与刘备见面，但以孔明为首的谈判小组已经开始与刘备谈判了，只不过语言十分委婉，含蓄且又不失礼。三顾茅庐时，孔明也表现得有礼有节，并未摆出被求者的架子，诚恳、认真地作出隆中对，使刘备虽处于求人者的位置仍不失面子。至于刘备最后下跪哭求，那是刘备的谈判技巧，不能怪孔明不近人情。

中国有句古训："适可而止。"谈判中强硬的态度、巧妙的技巧，可奏效于一时，但不可能奏效于一世。正确的原则是有理、有利、有节。谈判过程中有不测之风云、瞬间，有利者变为不利者的事屡见不鲜。既然是谈判，双方必然都有利可图，实际上根本就没有绝对的"被求者"和"求人者"，"被求"和"求人"都是相互的，而且相互转化着。

话不在多，达意则灵
——刘备白门楼十一字言

吕布被曹操所擒，押在白门楼。吕布趁曹操送陈宫下楼时，对刘备说："公为座上客，布为阶下囚，何不发一言而相宽乎？"刘备点头。曹操上楼，吕布叫曰："明公所患，不过于布。布今已服矣，公为大将，布副之，天下不难定也。"曹操回顾刘备曰："何如？"刘备答曰："公不见丁建阳、董卓之事乎？"曹操闻刘备之言立即下令将吕布押下楼缢之，然后枭首。

刘备只说了十一个字，曹操便心领神会，感到万万不可留下吕布。这十一个字虽简，但点出吕布乃无义之人，留下必覆丁原、董卓前车之辙，刘备此言，可谓言简意赅。

吕布原为丁原（字建阳）的义子。董卓以一匹赤兔马收买了吕布，吕布杀了丁原，又拜董卓为义父。后来，司徒王允巧使连环计，董卓、吕布为争貂蝉反目，吕布又杀了董卓。刘备此十一字言是暗示曹操，你若收留吕布，早晚被吕布所杀。

话不在多，达意则灵。1926年7月，国民革命军总司令部政治部主任邓演达，邀请时任中共宣传部长瞿秋白在广州向全军政工人员作报告，主持人简短地介绍："请著名理论家和宣传家、曾三次见到列宁的瞿秋白先生做《关于如何做好北伐战争宣传报道工作》的报告，请大家欢迎。"大家认为这是难得的好机会，都做好了记录的准备。瞿秋白走上讲坛，目光炯炯地注视听众，说道："宣传关键是一个'要'字，鲁智深三拳打死镇关西，拳拳打在要害上。"说毕走下讲台。全场千名听众愕然，寂静了几秒钟后，突然爆发出雷鸣般的掌声，经久不息。瞿秋白的报告，只有短短26个字。

瞿秋白的口才显然是炉火纯青的，短短26个字，言简意赅，起到出人意料的作用。口才以简洁、达意、精彩为原则，那些废话连篇、滔滔不绝的报告，虽然演讲者兴致盎然，但是让听众兴味索然。

明代冯梦龙所著《智囊》，是一部研究智慧的经典，书中将"通简"放在第一部"上等的智慧"之中。"通简"卷的序言中说："世本无事，庸人自扰。唯则通简，冰消日皎。"这句话大意是：世上许多事情，其实都是庸人们自己造出来的。只要通情达理，把复杂的事情化简，问题便会像太阳一出冰雪融化一样解决了。做事应化繁为简，说话写文章也应化繁为简。

文山会海是一种繁缛。芝麻粒大的事也要发文，举手之劳的事也要开会：张总讲罢，李经理讲，李经理讲罢，刘经理讲，一样的词儿，一样的口气，一件小事议一天，繁不繁？烦不烦！写长文章，讲长篇大论，似乎是一种"时尚"，讲短了，写短了，就觉得水平不高。而白白占用人家的时间和生命，却心安理得。汇报冗长、文件似山。这种繁缛，害国、害民、害己，根本无益于工作。

不知从何时，"八股"思维又冒出头来，凡讲话都要长篇大论，凡写文章都要洋洋大篇，结构要有一、二、三、四……

1、2、3、4……A、B、C、D……大“一”下面有小“1”，小“1”下面还有“A”。繁琐的陈述让人入了迷魂阵，让人眼花缭乱，却抓不住要领。简洁的东西既清晰，又深刻，易于入眼入心。

诸多繁琐的文字、话语，真正有含金量和概括性的，也就是那么寥寥数语，十分简单。经商和营销的图书铺天盖地，“人无我有，人有我多，人多我好，人好我转”，只有16个字，何其简单，但抓住了商业竞争的核心。阐述和探讨婚姻、恋爱总是长篇大论，可谓车载斗量，可是“寻一个好人，自己做一个好人”才12个字，何其简单，但却抓住了“人生大事”的要害。谈论写作的著作多如牛毛，但是“写熟悉的，写独特的”只有8个字，何其简单，但又点到了文学艺术的穴位。儒、道、佛、禅所讲的内容十分繁杂，但用仁、无、空、悟四个字便点到了它们各自的精华。

简单的言语容易记忆。有的人为了让人家重视自己的言论，总喜欢滔滔不绝，其实，最精彩的思想和观念被淹没在一片滔滔言语和文字之中，反而显示不出它的光彩。

化繁为简其实不简单，它要求当事人“胸中藏丘壑”，并能一眼洞彻事物的本质。

白门楼刘备一言杀吕布

聪明反被聪明误

——杨修小聪明过度

曹操屯兵于斜谷界口日久，想讨伐西川刘备，被马超挡住了去路。想退兵又怕蜀兵耻笑，一时拿不定主意，心烦气躁。曹操正在喝鸡汤，部属请问今夜口令，曹操看着碗中的鸡肋，随口说："鸡肋！"主簿杨修听到"鸡肋"的口令后对人说：鸡肋这个东西，吃也没有多少肉，丢掉则又可惜，看来丞相已经决定回师了。于是私下告诉随从整理好行装，免得临行慌乱，一时部队都知道曹操欲归之意，纷纷做起了退兵的准备。

曹操夜间正心烦意乱，看到此情此景，肺都气炸了。叫杨修前来询问，杨修还振振有词："鸡肋不是食之无味、弃之可惜吗？由此知王意。"曹操正怕军心涣散，盛怒之下斩了杨修。可怜杨修空有一身才华，死于卖弄本事。

杨修乃一智者，才思敏捷，聪明，颇有学问，就连狂妄至极、自高自大的祢衡都把杨修看作一个人物，可惜杨修聪明反被聪明误。

若论洞察力，杨修堪称精深，但是杨修锋芒毕露，喜欢卖弄小聪明，在军机大事面前，轻率不慎。话虽有理，可那种时机和场合，怎么能说打击士气的话呢？有人说曹操杀杨修是因为嫉妒杨修的才华，我们不排除这方面的因素，但其最根本的原因是杨修乱了军心。在两军对峙的战场上，军心不稳的后果足以导致兵败。按理说，三国相争归根结底是人才的竞争，曹操又是一个爱才惜才的人，怎么就杀了杨修呢？曹操爱才不假，但一定是可以驾驭之才。杨修这样恃才狂妄、多嘴多舌的家伙，纵使才高八斗，也难免一死，只不过早晚而已。

杨修身上有不合时宜的几个毛病。

其一，多嘴多舌。

杨修自认为绝顶聪明，有事没事就爱炫耀。有一年曹操让人建造一所花园，建成后，曹操前来视察。他没说好坏，只是在门上写了一个“活”字便走了。杨修看到后，说：“门里面放一个‘活’字就是‘阔’字，丞相是嫌门造得太大了。”其实这种小伎俩太“小儿科”，别人未必看不懂，但别人不会扫上司的兴致。

又有一天，有人给曹操送来一盒酥，曹操在盒盖上写上“一合酥”三字。杨修一看，便拿起小勺子与众人分吃了。曹操发现，问何故，杨修答道：盒子上明明写是“一人一口酥”，岂敢违丞相之命？

职场上不欢迎牙尖嘴利、多嘴多舌的人。你卖弄小聪明，把别人摆在什么地方了，别人的心理能平衡吗？成熟的人应当在说话之前，仔细想想什么话该说，什么话不该说，什么话不妨让别人去说，像这种猜谜语式的答案，让别人说出又有什么呢？

曹操生性多疑，一天夜里杀了给自己盖被子的内侍。这事说出去当然不好听，太影响形象，曹操谎称是梦中杀人，装出悔恨的样子。杨修猜到真相，忍不住在葬礼时对死者感叹：“丞相非在梦中，君乃在梦中耳。”也不知道杨修是真聪明还是假聪明，哪有公布上司的隐私的，无意知道上司的隐私，保持沉默好了，这么口无遮拦，四处张扬，岂不是找死！

古希腊圣贤苏格拉底说：“人有两耳双目，只有一口，因此应多听多看少说。”杨修吃亏在于多嘴多舌，而多嘴多舌又起因他的不检点，心高气傲。杨修这样绝顶聪明的人为什么会壮志未酬身先死呢，因为他进入了智者的误区，怪就怪杨修牙尖嘴利，犯了职场的大忌讳。

其二，背后告密。

杨修还喜欢到领导那儿说他人的不是。有一天，他竟然跑到曹操那儿告了曹丕一状。结果曹丕蒙混过关，杨修自己倒落了一身不是，掺和人家的家务事，让曹操愈加不喜欢。杨修真是枉读诗书，竟不知道“疏不间亲”的道理！

做人应当心怀坦荡，话总在当面。背后议论他人是非的做法有百害而无一利。一是上司有可能把你的话转达给当事人，当事人会因此怀恨在心，因此打击你，也可能把你喜欢打小报告的行为公布于众，使你在众人面前的形象大跌。二是上司会因为你背后告密怀疑你的人品，你既然能告同事，同样也会在更高的上司面前告上司。万一上司也有什么事被大老板知道了，就算不是你说的，你也是第一嫌疑人。

其三，好为人师。

杨修非常好为人师。曹操欲考察儿子曹丕和曹植的能力，经常给他俩出出难题，按理说这是人家的家事，别人不好瞎掺和，可是杨修总是急于卖弄，技痒难耐，经常给曹植出招。有人把此事告到曹操那里，杨修弄巧成拙，处境更糟。每个人都有分内的事，你把手伸得那么长，伸到人家的家事上，不是自讨无趣吗。

每个人都有自己的想法，不必非得把自己的想法强加给别人，没必要对别人的工作指手画脚，不要经常去“指教”别人。你太好为人师，不是昭示谁也不如你吗?

其四，锋芒毕露。

敢露锋芒者，一般下场都不太好。在此不妨多举几个例子：

明代的魏大中42岁才进士及第并被授予官职。他官阶八品，在朝廷中尚无发言的地位，可是他对人对事都看不顺眼，而且口无遮拦，结果招致他人嫉恨。他到哪里，哪里的官员便失去捞到好处的机会，而他自己却清廉刚正，几乎不与人交往，这在官官相护的封建时代是行不通的。他结交的都是东林党人，并与当时权势显赫的魏忠贤为敌。后来，他上书弹劾奸党，反遭诬陷。皇帝怜他廉洁正直而放过了他，但最终还是被锦衣卫抓入狱中，折磨至死。

春秋时的吴起也是一个很有本事的人，他历事鲁、魏、楚三国，每到一处都因才遭忌，无法立足，最后竟被楚国的宗室大臣乱箭射死，下场很悲惨。吴起之死在于锋芒太露，太急于表现自己的才华。

才子杨修，曹操心里想什么他都清楚，这说明杨修聪明，但是杨修生怕曹操不知道他聪明，说明杨修太不懂收敛。

不少聪明人都有年少的轻狂，不懂得体谅别人，不知晓藏拙，只顾显摆，锋芒全无遮拦，认为自身都是优点，好逞强，不示弱。刀尖易折，笔尖易断，聪明反被聪明误。

人的锋芒可以露，但勿太露。有些聪明人，涉世之初，生怕自己的才华被埋没，于是便处处寻求锋芒毕露的机会。可事实上，过于逞强，就难免会出现心有余而力不足的尴尬；过于炫耀，就势必强加于人，招致别人的心理失衡；过于表现，就可能给人狂傲的印象。而有些人则含而不露，韬光养晦，大智若愚，表面上他们讷言寡语，心中颇有大略雄才。他们并非总是居人之下，他们“三年不飞，一飞冲天”“三年不鸣，一鸣惊人”。

韬光养晦。韬，即弓袋，弓之衣也。韬光，即收敛锋芒，隐藏才能。晦，即暗，不清晰。养晦，即善于屈居不显露之处。韬光养晦，即像把箭收藏起来那样暂且隐匿自己的才能或锋芒，待时而现。

“君子藏器于身，待时而动”是一种智慧。

聪明人并非什么都懂，他只不过是在本领域内出类拔萃，并不能保证在其他领域里也都能游刃有余。这样简单的道理，并非所有的聪明人都能认识到。

聪明人应当明白，由聪明到明智还有不近的一段路要走。

平衡即持度
——孙权擅搞平衡术

《三国演义》中未写孙权坐领江东时的年龄，但孙策死时年止26岁，说明孙权时年也就是20岁出头。要不然，吴国太夫人也不会对孙策说：“恐汝弟年幼，不能任大事，当复如何？”孙权寿终71岁，在约五十年的时间内，确保国土安稳，与他擅使平衡术是分不开的。

曹操大军压境，东吴危难，孙刘联盟抗击曹操。孙、刘两家合则可相安一隅，不合则必被势力强大的曹操各个击破。赤壁之战后，孙权成为曹操的首敌，东吴的力量不足以与曹操抗衡，为拉拢实力还不强大的刘备抗曹，可以先借荆州给刘备，舍一隅而保江东八郡之安。为了与曹操均衡，又不敢强索荆州，待北方战事趋缓，孙权就铁了心索要荆州了。孙权追讨荆州，也很讲策略，自知力量不足，则与曹操暗中结盟，构筑了新的平衡。

孙权夺了荆州，害了关羽父子，刘备大军伐吴，孙权为了御敌，派使臣见魏帝曹丕，陈说利害，曹丕封孙权为吴王，加九赐。曹丕的心思是看鹬蚌相争。他说：“朕不助吴，亦不助蜀，待看吴蜀交兵。若灭一国，止存一国，那时除之，有何难哉？”曹丕的心思是打破三家的平衡。

陆逊大破蜀军后，孙权见好即收，又主动修补与蜀的关系，自此吴、蜀通好。

孙权坐领江东以来，若与魏斗，必与蜀和，若与蜀战，必与魏和，避免两方面受敌，使自己在斗争中求平衡。一遇失衡，则马上修补。

每个人走路跑步稳稳当当，那是因为两只脚不断地在找平衡，刚学走路的孩子因为还不会找平衡，或是还没有力气找平衡，所以会因失衡而跌跤。

平衡无处不在。因为事物一旦失衡，可能就不复存在，或者导致犯错误。

太极拳是武术中平衡之道的典型。太极拳的每个动作都有一个中心，这就是“圆”的道理，也就是太极的道理。太极并非讲四平八稳，能推就推，而是懂得找重心或均衡点，懂得事缓则“圆”，神定则“安”，以达到立身中正，能转外物，随圆就方的境界。

高手下棋尤其讲究平衡，绝不会走一步看一步，棋盘是一个大系统，进攻时不忘防守，防御时暗藏杀机，必要时还要舍卒保车，舍车保帅。元朝的围棋名著《玄玄棋经》中收录有一篇《棋经十三篇》，其中有云：“持重而廉者多得，轻易而贪者多丧，不争而自保者多胜，务杀而不顾者多败。因败而思者，其势进；战胜而骄者，其势退。求己弊不求人之弊者，益；攻其敌而不知敌之攻己者，损。目凝一局者，其思周；心役他是者，其虑散。行远而正者吉，机浅而诈者凶。”这讲的岂止是棋经，分明是人生哲学。

战场上、球场上都讲究攻防平衡，绿茵场上，攻强守弱失衡，守强攻弱也失衡。如果仅有消极防守而没有积极进攻，难保球门不失，人们常说：进攻是最好的防守。

在物理学领域里，有力的平衡、力矩的平衡、物态（液—固、液—气、气—固）平衡、流体的流量平衡等，一旦失衡，就会不稳定。

在化学领域中，有化学平衡、弱电解质的电离平衡、沉淀溶解平衡、水解平衡、络合平衡、氧化还原平衡等。

在生物领域中，有生态平衡、生理平衡等，一旦失衡，生物就会生病甚至危及生命。

自然、地球、人类社会、生态、家庭、人际关系、人生都需要平衡，有平衡才有稳定。

世间万物要平衡。意大利的比萨斜塔地基失去了平衡，所以塔越来越斜，全世界许多科学家为了使塔不倒，采用了很多方法，方法虽异，目的却同——恢复平衡。

平衡，就能保持稳定。三国时代，魏国强大，蜀、吴相对较弱，蜀、吴联合起来与魏抗衡，于是达到了平衡。后来，蜀、吴的势力有所增强，形成三足鼎立，三国相互制约，平衡的局面维持了几十年。后来，司马昭先破了蜀，平衡被打破了，魏、蜀、吴鼎立的局面消失了。

世界需要均衡，搞单极世界不行，单极的世界不会太平。美国实施霸权主义，我行我素，到处插手别国的内政，到处挑起事端。你打了人家，人家就会反抗，子是这世界上战事不断。发达国家，富国和穷国，南北之间的经济差距进一步扩大，已经造成了不平衡，国际组织和发达国家有责任致力于这种差距的缩小，减少世界经济发展的不平衡。我们主张国际社会多极化。多极社会的建立使世界各种力量逐渐形成既相互借重又相互制约与制衡的关系，有利于避免新的世界大战的爆发，有利于遏制霸权主义和强权政治，有利于推动建立公正合理的国际政治经济新秩序，有利于世界和平、稳定、繁荣。

人生需要平衡。人生若失去平衡就会不断摇晃。人生有三大平衡：自我的生理平衡，自我的心理平衡，自我与环境的平衡。生理失衡难体健，心理失衡多忧愁，与环境失衡多灾祸。三大平衡中，失去任何一个平衡，都有可能导致其他两个平衡的丧失，产生生存危机。

生物与环境相互作用，共同构成了生物与环境的共同体——生态系统。生态系统的平衡，无论对生物还是对环境都是福音。滥砍森林，滥用自然资源，滥捕滥杀动物，巨量地向环境排放废水、废物、废气，排放二氧化碳，已经造成生态系统的失衡，这无疑对地球、对人类都是一种灾难。

大凡世界的大事小事，如果哪里出了毛病，快去查一下：什么地方失衡了。

失衡了就要恢复平衡。只要改变一点点，就可以纠偏，使人生渐入佳境。

身处困境、心情抑郁的人，不妨每天乐观一点点，豁达一点点。人生在世，总免不了浮沉荣枯，成败得失，哪能总是纠缠其中呢？

过于自傲的人，不妨看轻自己一点点。为人处世，秉中庸之道，乃是智者的处世学问。俗话说，竹子越高越弯曲，稻穗越熟头越低。

心浮性躁的人，不妨沉寂一点点。沉寂是一种境界，唯有沉寂的时光，才能使自己的认识和思想升华。

精明的人，不妨糊涂一点点。人云：为学不可不精，为人不可太精。

也许只要改变一点点，你便恢复了平衡，你的步伐就会越来越稳，越走越实在。

批评也须讲分寸
——孔明评法正

法正这个人很有才略。刘备进川后因法正功大，封他为蜀郡太守。法正自恃才高功大，对过去的一些不睦之人，都一一报复。有人向孔明反映了这一情况，希望孔明管一管。孔明对人讲："昔主公固守荆州，北畏曹操，东惮孙权，多亏法正辅翼，遂翻然翱翔，不可复制。今奈何禁止法正，使不得少行其意耶？"表示不予追究。孔明在大家面前表现的对法正的宽容态度，实际上是从侧面批评法正，告诉法正你不是无错，而是因为你是有大功劳而受人尊重的人，我才维护你受人尊敬的地位不追究你的过失，你自己难道不该好自为之吗？法正的自省性很高，反应敏感，当他知道了这个情况后，就约束了自己的行为。

孔明对法正的批评很有技巧，那就是把握住了批评的度。批评也须讲分寸，批评一旦过了火，被批评者往往是口服心不服，有时甚至激发其逆反心理，有时使被批评者产生恐惧感，给身心健康带来不利影响。如何使批评有度且富有成效呢？有以下几个原则：

其一，批评，不可伤人自尊心。

与人相处，难免要进行批评。我们虽应当有容人之过之心，但绝非放任自流，听之任之。但是，批评人首先要尊重人，别人才会从内心尊重你，乐意接受你的批评。批评要体谅他人，不作人身攻击。带有人身攻击性质，带有轻蔑、讽刺、厌恶口气的批评，给有的被批评者带来的是毁灭性的打击。人身攻击，不仅对解决问题不会有任何建设性的帮助，而且会打击被批评者的自信心和工作热情。

其二，在进行批评前，先肯定对方的成绩。

肯定、赞扬对方，能够制造一种友好气氛，使对方情绪安稳、平静下来，知道自己并没有受到攻击。反之，如果批评人时一开头便劈头盖脸训斥，便会使受批评者很自然地产生一种反射性防卫以保护自己。一旦产生了这种心理，即使批评再正确，他也很难听得进去。

其三，批评，需因人而异。

不同性格，不同气质的人对批评的承受力不同，承受方式也不同。对于从小性格豪爽、外向的人，例如像李逵那样"多血质"气质的人，轻描淡写恐怕解决不了问题。这类人的承受力很强，批评力度可以大些，不妨重击一掌，用重锤擂之。对于性格内向的人，例如像林黛玉那样具有"抑郁质"气质的人，批评力度可以小些，含蓄婉转一些。对于交情深、悟性高的人，沉默就是无言的批评，对于被批评者较多的情况，通过赞扬另外某人的借喻式，往往能有效地达到预期的目的。

批评要针对不同人的特点，采取不同的方式和不同的力度，不能仅仅是说教式的教训、斥责。对某个人如何批评，批评的程度怎样，在什么时间、什么场合批评，都必须因人而异，而且要讲究技巧。否则，批评不但不能教育人，反而有可能具有破坏性。

其四，批评的此书要有度。

对于一般人所犯的某个错误只要提醒一次就够了。第二次批评不太必要，第三次便太啰唆。批评对事不对人，就事论事，不要翻陈年老账。喋喋不休，令人心烦，不仅愚蠢，而且于事无补。瑞士教育家裴斯泰洛齐说：“人刚刚从错误中走了出来，就不要再去踩他的痛脚。”对别人过去的缺点，不可抓住不放，批评之后要鼓励。

其五，批评以后必须消除副作用。

批评，有时难免打破情面。批评的本意是与人为善，为人医病，只要治好病，就不能怕吃药苦，打针疼。有的时候，该严厉时要严厉，要让犯错误的人出一身大汗，激起他内心剧烈的反省。打破情面既有积极意义，也会带来副作用，造成今后人际关系协调的心理障碍。因此批评过后并非完事大吉，还必须消除副作用，恢复情面、恢复信任、恢复受批评人的自尊，使他们确实感到批评者的真情诚意。日本的松下幸之助在批评人以后，一定亲自或通过他人了解对其批评意图是否误解，如果有误解，他一定设法消除，所以一般人受了他的批评后都能放下包袱，轻装上阵。

其六，批评时要注意分析原因。

批评人如果只告诉对方做得不好，而不说明错在哪儿，往往收效甚微，因为他可能不知道自己有错。一个人真心承认自己有错并不是一件容易的事，所以那种结论式的武断批评不能令人服气。因此在批评时，一定要言之有物，言之有理，帮助对方分析犯错误的原因，告诉他具体是哪一步做错了。批评者如果总是批评而不能提出解决方案时，受批评者就会不服气，这种不平便会在内心慢慢积蓄，总有一天会突然爆发，发生恶性冲突或激烈口角，变得难以收拾。

批评须讲分寸，而不是一棒子把人打死，批评应以理服人，切忌以权势压人，压是压不服的。

得饶人处且饶人
——王允的悲剧

董卓专权，祸乱宫廷，司徒王允巧设美人计，借吕布之手除掉了董卓。十八路诸侯讨伐董卓未成之事，竟被王允以智谋成此大事。王允除了董卓后，本应团结可以团结的力量，安定局面，以成大治。可是，王允主政以后，由于偏执的政治洁癖，常唯我是尊，非彼既此，不懂得团结、包容，政治极端，不能团结改造董卓部属旧臣，不给人家留出路，结果葬送了除董卓以后的大好局面，自己也遭杀身之祸。

董卓被除后，其心腹将领李傕、郭汜、张济、樊稠四人，率军连夜逃往陕西。李傕四人派人至长安上表求赦。王允说："董卓之跋扈皆此四人助之；今虽大赦天下，独不赦此四人。"既然求赦不得，反叛就成了必然。李傕等人煽动西北军士，聚众十万杀奔长安。城内董卓余党与城外叛军呼应，长安失守。李傕、郭汜在宣平楼下杀了王允。

王允是个好人，他正直、忠厚、不畏强暴、敢于担当、大智大勇，但是他的路为什么走不远呢？他的致命弱点是政治上偏激，待人苛求，不能容人之错，讲不得半点妥协让步，得理不饶人，到头来必然陷入无休止的内斗中，办不成大事。所以，太傅马日磾预言王允“其能久乎”。

“金无足赤，人无完人”，说的是人和事物难以达到尽善尽美的境界，总难免存在这样那样的缺憾。既然人无完人，就须宽以待人，在与人交往时不能过分苛求别人，承认他人与自己的差别，学会容忍。《菜根谭》中有句话：“径路窄，留一步与人行；滋味浓，减三分让人尝。此是涉世一极乐法。”古谚道：“水至清则无鱼，人至察则无徒。”水太清了，没有足够的养分，难以养活鱼，人过于明察秋毫则没有帮他做事的人，人太苛求了会没有愿与他共事的人。

不少的优秀人才，自视清高，自律甚严，他们用自己的标准、好恶去衡量、要求别人。在他们眼中，周围的人身上有太多的毛病，他们抱怨、指责别人，一针见血地指出每个人的缺点和不足，总是抱怨找不到令自己满意的伙伴和员工。他们眼中看到的东西可能是真实的，他们可能是对的，他们不乏精明，但少了一份应有的糊涂和容忍的胸怀。这样的人会是业务上的好手，但人际关系却可能被冻结。

有人这样说过：“谁若是想在困厄时得到援助，应在平时宽以待人。”

我们常听人说：“有理走遍天下。”有理者也须让人，如果一有理，气就壮，批评无理者穷追不舍，这样不仅于事无补，而且也让有理变成无理。人们对有理者的同情也会转移到无理者身上。得理须让人。人们之间发生意见分歧、口角之争，是常有之事。如果有理一方就此忌恨于心，穷追不舍，非得让人“赔礼”“认错”不可，结果会适得其反，一显有理一方“小家子气”，二使失理一方精神受抑，怒生于内。反之，如果得理让人，适可而止，一显“大将风范”，二使失理一方轻松以待，心服口服。

批评他人的过错，要恰到好处，适可而止，要给被批评的人留面子。如果得理不饶人，只会使被批评者认为伤了自尊而本能地处于自卫抵制状态，激起对批评者的极大的反感，只会因为其受到感情的伤害，而引发敌意，愤怒、冷战与憎恨。

常言道："若要采蜜，勿捣蜂巢。"我们批评人之前，就要待人多一份同情、理解和宽容。

曹操得理饶人，他批评身边的谋士时，启发自觉，不伤被批评者们的自尊心。曹操赤壁大败，逃至南郡，曹操仰天大哭。谋士们不解，问道："丞相于虎窟中逃难之时，全无惧怯；今到城中，人已得食，马已得料，正须整顿兵马复仇，何又痛哭？"曹操说：我不是为别的痛哭，而是哭郭嘉啊，如果郭嘉还在，绝对不会使我有如此大败啊！曹操哭郭嘉，乃是醉翁之意不在"酒"，明哭郭嘉，暗为批评众谋士："你们身为谋士，为什么不能像郭嘉一样出好计，经常提醒我，为我分忧呢？如今我遭此大败，你们难道不应当自责吗？"果然，当曹操哭后，众谋士都自感惭愧。

曹操哭郭嘉是一种批评的艺术。对于一些智者、才者，尤其是个性强的人，特别要掌握方式方法，既要批评得让人心服口服，又尽量不伤被批评者的自尊心。倘若不问青红皂白地训斥一顿，效果反而不好。

刘备得理饶人。当张飞因酗酒误事丢了徐州，刘备家小又落入吕布手中时，关羽埋怨了张飞几句，刘备却沉默不语，沉默即无言的批评，他没有喋喋不休地埋怨、指责，但此处无声胜有声，沉默使张飞内心受到极大的触动。

不苛求朋友，也不要苛求同事。朋友之间合不来了，少来往就是了，而同事则要天天在办公室打交道，低头不见抬头见，更重要的是要在一起相互配合去工作。在办公室内，一些不违背原则的小地方，能容人处且容人。

有的人喜欢凭借手中的强权强势对别人进行无情的批评，以为这样就会让人印象深刻。实则不然，那样做的结果只能让人压而不服，即使口服心也不服。而那些刻骨至深铭记在心的恰恰是那些情理相融于无声处的批评。

“有理也让人”，“得饶人处且饶人”，不失为一种成功的处世方式。

嗜好也须有度
——典韦贪杯丧生

朋友们坐在一起喝点酒，聊聊天，交流信息，增进感情，本是人生一件快事。但饮酒一过度就出事了，轻者出洋相、失态，重者伤和气，更有甚者伤身体、误正事。《三国演义》中有几位大将，竟因贪杯无度，因酒丧身。

典韦乃曹操的心腹爱将，使一副双戟，有万夫不当之勇。张绣假降曹操后，欲除典韦，以反曹操，张绣请典韦吃面，典韦嗜酒贪杯，尽醉而归，张绣派人趁典韦酒醉盗去了他的双戟。半夜张绣进攻曹营，喊杀声震天，典韦惊醒，寻不见双戟，于是抓起两名士兵，挥舞而战，最后战死。一顿酒要了这位猛将的性命。

《三国演义》中还有几位贪杯的主儿。淳于琼嗜酒成性，天天喝得大醉。官渡之战时，曹操用许攸之计，夜袭乌巢，时淳于琼方与众将饮了酒，醉卧帐中，闻鼓噪之声，连忙跳起来问："何故喧闹？"言未已，早被曹兵挠钩拖翻。淳于琼被擒，见曹操，曹操命割去其耳鼻手指，缚于马上，放回袁绍营以辱之。

张飞更是嗜酒贪杯，酒后必暴怒，鞭打士兵。此取祸之道。守徐州时，不听陈登之劝，大饮而醉，被吕布夜袭，无力抵挡，丢了徐州，也丢了刘备家小。关羽死后，张飞又暴饮鞭打部将范疆、张达。张飞之死，除了暴躁，嗜酒成性也是死因之一。倘若那天晚上不醉，范疆、张达也不会得手。

因酒误事的例子，古今中外实在太多了，当今社会的酒驾，吞噬了多少行人的宝贵生命。1997年10月，河南一施工工地，发生塔吊倒塌，当场砸死6人的重大事故。经调查，酒后作业、违章操作是造成这起惨祸的主要原因。事故发生的当天，上车操作的塔吊班班长和吊装工4人在中午喝了近3瓶白酒、8瓶啤酒。由于酒后作业，反应迟钝，在拆卸塔吊作业中，错误操作，造成整体失衡，使塔吊的配重臂、起重臂、塔帽全部落地，酿成惨祸。

人们有正常的嗜好，合情合理。七色才是阳光，五味才是人生，正常的嗜好为人生抹上一道道色彩。有人喜杯中之物，喝上两口就是了；有人爱美食，隔三差五犒劳自己一顿挺好；有人嗜垂钓，有人酷爱下棋，这些都是有益于身心健康的文体活动。有嗜好正常，关键是不可过度。

生活中处处有“度”。例如健康，人的健康是在医生手中，还是在你自己手中？当然在自己手中。吃、喝、睡、住、暇、乐、美，都是一个“度”的问题。掌握了度，便能在吃喝玩乐中出健康。

有人嗜好美食，每餐进食“十分饱”，这就自然会增加肠胃负担，造成体内能量过剩，并由此引发肥胖症、高血压、冠心病等。每餐只吃“八分饱”，能预防多种疾病，如心脏病、糖尿病、肾脏病等。而“八分饱”最大的受益当属大脑。人吃得太饱后，有一种叫做“纤维芽细胞长因子”的物质在大脑中快速增长，而这种物质正是引起脑动脉硬化的罪魁祸首。如果每餐都饱食，这种物质就会在大脑中不断地积存增多，当它达到一定量时，大脑动脉会发生硬化。据国际肥胖症大会发布的报告，全世界因患肥胖症死亡的人数是饿死人数的两倍多。肥胖已成“世界公敌”。

有人嗜茶。茶水是健身饮料，喝茶抗癌。中国和日本的调查有同样结果，即饮茶较多的地区比不常饮茶的地区，癌症发病率要低得多。茶叶中含有的茶多酚和维生素C、E、A都具有抗突变和抗癌的功效。但是，喝茶也忌暴饮。短时间内喝下大量浓茶，经常有过敏、失眠、头痛、恶心、站立不稳、手足颤抖等异常状况发生，这是茶醉。茶醉因茶叶中所含咖啡碱所致。

有人嗜睡。睡眠有记忆功能、美容功能、免疫功能。吃好不如睡好，充足睡眠对健康很重要，但也不是睡得愈多就愈好。亚太长寿研究中心发现，过多睡眠会导致抑郁、懒惰和智力低下，这些都是长寿的克星。

有人嗜打牌。打牌是一种娱乐和休息，但是忌上瘾、忌熬夜。如果熬夜打牌，不但休息不好，反而破坏了身体平衡。人一旦有疲倦感，就不必继续打牌，应当美美地睡上一觉。硬撑、强打精神，或靠喝咖啡、喝茶提神，都会耗精伤神。所以，民间有“一日不睡，十日不醒”的说法。

有人嗜爱看电视。美国科学家发现，人们在观看电视15分钟以后，脑电波活动就迅速下降，脑细胞之间的正常信息传递大部分“关闭”，大脑活动进入懒怠的消极状态。对于大脑功能开始自然衰老的中年人来说，经常处于这种状态会加速大脑的衰老过程。为了推迟大脑衰老的过程，预防老年智力障碍，中老年人应尽量节制每天看电视的时间。

有人嗜上网，患有“网瘾症”。如果你每天泡在互联网上超过4个小时，而且对网络世界产生了某种“依恋之情”，你很有可能不再是一个心理健康的人了。“网瘾症”者或轻或重地表现出为人冷漠、缺乏时间感、精神抑郁、烦躁易怒等心理病态。上网成瘾也是一些家庭破裂、对子女疏于管教、人际关系紧张等社会问题的诱因之一。

看来，人的嗜好也好，爱好也好，得有个“度”，不能因嗜好过度影响工作，影响健康，影响家庭幸福。

第十六章

人格比权势更有气场

气场是怎么形成的
——曹孟德励志励胆

时下，“气场”是一个流传很广的词语。

何为人的“气场”？“气场”借助了中国气功的词语，但含义却大大扩充了。

何为“气”？《辞海》解释为中医用语，指人的元气，如中医常有补中益气、气血两亏之说。中国哲学用语指“气”为一种极细微的物质，是构成世界万物的本源。

但是，当前流行语“气场”中的“气”并非指人的“元气”，而是指如下之意。

气势——一种力量。关羽单刀赴宴，何等气势。水有水势，风有风势，兵战有雷霆万钧之势，商战有大张旗鼓之势，做人有正气凛然之势。气势的作用表面上看是一种形式的作用，实际上是影响和冲击人们心理状态和情感。所以，才有得势者横扫千军如席卷，失势者树倒猢狲散，兵败如山倒之说。气势，对于竞争对手是威慑力，对于朋友是亲和力，对于下属是凝聚力，对于公众是影响力，对于自身是一种人格力量，是软实力。

气质——指人的生理、心理素质。气质能使人的个性带有一定的色彩。

气息——比喻情感与意趣，如富有生活气息。

气节——志气和节操。气节是浩然之气、正气之气。气节是富贵不能淫，贫贱不能移，威武不能屈。

正气——“善养吾浩然之气”，正气，是一种正派的品格和积极向上的精神状态。正气可以压邪。

“气场”中的“气”指人的气势、气息、气节、正气，这个“气”是可以传播的，会对周围发生影响和作用。

何为“场”？“场”，乃物理学名词，如静电场、磁场、电磁场、引力场等。场是一种物质，虽然看不见，摸不着，但可以传递静电力、磁力、万有引力。实物之间的相互作用就是依据有关的场来实现的。

每个人都有独特的气场，它可以给人带来好运气，也可能给人带来坏运气。“气场”这个词尽管让人困惑，但它是客观存在的。气场传递一种吸引力，引人注目，是威慑力、影响力、形象感召力、凝聚力，是可以作用到其他人心理上的力。气场还是某种渴望，使人有一颗强大的内心，就像希望某件事如愿以偿一样，你的渴望之强烈会使那个成功的结果不由自主地向你“跑过来”。

你看那些成功的企业家，他们有极强的非权力影响力，下属敬佩他，同行喜欢他，政府看中他。他处理什么事都游刃有余，这与他的气场不无关系。

你看那些职场红人，他们活跃极了，春风得意，上司欣赏他，客户喜欢他，同时佩服他，要风得风，要雨得雨，不管做任何事情都更成功。缘于他有一个强大的气场。

人的气场是怎么形成的，气场来源于品德、个性、智慧；乃做人做事、待人处世的态度。且看曹操的气场之源。

曹操、孙权、刘备都是乱世中的人杰，都是不怕失败、屡败屡战的大英雄，他们身上都有强大的气场，不然怎能凝聚了天下豪杰？但三人之中一定要比个高低，胜者当属曹操。

人们常说的魏占天时，其实，挟天子的作用不大，不足以让曹操崛起。汉献帝从登基时起就没什么气场，没更多的利用价值，而曹操自己的气场在十八路诸侯伐董卓时就被天下所感知。

曹操曾孤身行刺董卓，虽然行刺未果，但已向天下显示了其正气和胆气。曹操逃回家乡，聚家财，招义兵，竖起“忠义”大旗，可谓不畏强暴，可谓有胆有义有气场。不数日间，这个气场起了作用，应募之士，如雨骈集。乐进、李典、夏侯惇、夏侯渊、曹仁、曹洪等壮士来投，构成了曹操起兵的班底。

曹操刺董卓不成，没有缩手缩脚，而是矢志不渝，作檄文以达诸郡，号召各路诸侯兴兵会盟讨伐董卓。十八路诸侯响应曹操的号召，推袁绍为盟主。各路诸侯盟军虽拥兵数十万，但惧怕董卓兵强，吕布骁勇，不敢进攻。袁绍曰：“诸侯疲困，进恐无益。”众诸侯皆言：“不可轻动。”曹操闻言大怒曰：“竖子不足为谋。”于是自引兵万余，独自追击董卓，一场恶战过后，万余人马只剩五百余人，曹操本人也肩膀中箭，险些丢命。曹操见袁绍等诸侯各怀异心，首鼠两端，迟疑不进，料与这帮人混在一起不能成事，带兵出走。

曹操此败，虽败犹荣。此后，天下皆知曹操的义气胆气，义胆之气场吸引了各方文武俊才相投相聚。于是，曹操帐下文有荀彧、荀攸、程昱、郭嘉、刘晔、满宠、吕虔、毛玠；武又添于禁、典韦、自此，曹操部下，文有谋臣，武有猛将，兵有“青州兵”，威名日重，震慑一方。

曹操经过此败，头脑更清醒了，于是渴望强烈，开始琢磨如何壮大自己的力量，如何兼并天下。这才有了下一步的迎献帝到许昌，挟天子以令诸侯。可见，这天时不是任何人都可占有的，不是天上掉下的馅饼，掉在谁面前谁得。这“馅饼”只会受强大气场的吸引，只会让那些不怕失败、敢抢敢拼的勇士所得。

曹操此败，让天下人认识了曹操，感受了曹操的气场。这个气场是因为曹操励志励胆而形成的。

企业家、领导者的影响力有两种：一种产生于权力，另一种产生于威信。由权力产生的影响叫权力性影响，也叫强制性影响力。这种影响力缘于人们对权力的敬畏，一旦失去了权力，权力性影响力也自然消失。有的官员卸职退休后常感叹人情淡薄，人走茶凉，其实他们不明白，以前人们敬的不是他这个人，而是敬其权。由威信产生的影响力叫非权力影响力，也叫自然性影响力，即气场影响力。这种非权力影响力不因权力得失而得失，其来源为品德、学识、作风、个性、谈吐，这些都反映在一个人的一切言行中。

古人云：“其身正，不令而行。”成功的企业家、领导者从不靠权威居高临下迫使人服从。相反，他靠渊博的学识，靠个人的人格魅力，靠素质，靠领导艺术让人敬佩和服从。古人又云：“君不正，臣投外国；父不正，子弃他乡。”一个优秀的领导者以自己的模范行为，以自己对希望的追求凝聚、影响下级；反之，就会军心涣散，甚至众叛亲离。哪一个组织的领导者的气场虚弱或气场不正，那个企业的员工士气一定不会高。

“天地之中人为贵，万物之中人为灵”，众志成城，无坚不摧。但是，以权势压人，人家口服心不服。唯有以贤以德以学识服人，以有志有胆的气场影响人，才能使人口服心服。人心服，天地移。

感召力是如何建立的

——孔明守信遣老兵

诸葛亮四出祁山以后，深知伐中原不易，非一朝一夕之功，而是长久之计。于是听从了长史杨仪之计，采取了分兵轮战的策略。所谓分兵轮战的策略，即把军队分为两批，一批在前方，一批在后方，以百日为期限，循环替换。这样做，使前方的兵力不至于太疲劳，以发挥旺盛的战斗力，然后徐徐前进，以图中原。

诸葛亮五出祁山时，蜀、魏两军相持在卤城一带。正巧，百日期限已到，诸葛亮命令新老两批军队互换，前方的蜀军士兵接到命令后，都各自收拾妥当，准备启程回后方。就在此时，战场上风云突变，魏国大将孙礼引西凉二十万大军来助司马懿，孙礼进攻剑阁，司马懿引兵攻打卤城。在魏军发起大规模进攻的危急时刻，蜀军却正要进行调防，新军尚未到，老兵正准备启程。在如此危急形势下，连当初提出分兵换班建议的杨仪也力劝诸葛亮留下老兵退敌，等新兵到后再让老兵回去。

诸葛亮一向以信为本，他在蜀国能享有崇高的威望，并不是靠权势、职位，而是靠取信于众。诸葛亮说："吾用兵命将，以信为本；既有令在先，岂可失信？且蜀兵应去者，皆准备归计，其父母妻子倚扉而望，吾今便有大难，决不留他。"于是，命令该换班的士兵当日便走。

诸葛亮的严守信用之举令士兵极为感动，士兵们在心理上受到强烈的震撼，坚决要求留下来，一致表示："承相如此施恩于众，我等愿且不回，各余一命，大杀魏兵，以报垂相！"诸葛亮坚决不依，仍让士兵们回家，但大家坚持要出战迎敌。于是，诸葛亮便让士兵们出城安营，以逸待劳。结果，一方是远道而来、人困马乏的西凉军队，一方是摩拳擦掌、士气高昂的蜀军。西凉军队一路辛劳，刚想安营歇息，被个个奋勇的蜀兵杀得尸横遍野，血流成河。

诸葛亮此战，以少胜多，靠的是将士们高昂的士气，而这种士气又来源于士兵对主帅的信任。将帅的仁义、信誉是激励士兵的巨大力量。如果诸葛亮对士兵失信，硬逼着他们留下，士兵们可能会满腹牢骚、萎靡颓丧、士气大降、战斗力降低，用这样的士兵打仗能打赢吗？

孔明对士兵的感召力获得了士兵的敬仰。他死后，蜀兵更衣发丧，扬幡举哀，撞跌而哭，至有哭死者，哀声震地。足见信义的感召力之大。

领导者的感召力就是这样建立的。

领导者都希望自己在员工面前有威信和感召力，老师希望自己在学生面前有威信，父母希望在子女面前有威信。何为威信？威信就是一个人在部属，在大众心目中产生的一种敬仰和爱慕，是他的思想品德、行为方式在部属，大众心理上的一种愉快的体验、满意的感受，是与他们理想形象高度一致的体现。威信有凝聚作用，即能将全体部属群众团结在一起，共同奋斗。威信有感召作用，即对部属有强烈的感染力、感化力，并进而变成号召力和牵引力，达到一呼百应的作用。威信有制约作用，即可以起到约束、限制一些消极影响而使其收敛、服从。威信有定势作用，它使部属对领导者的言行认可，并用领导者的倾向来约束自己的行为。

怎样建立威信，怎样形成感召力？威信不同于“权威”，不同于“威严”，也不同与“威望”，古人说：“威不可立，惟公则威。”威信不是人为地“立”起来的，不是靠权势“压”出来的，不是靠言论“捧”出来的，而是如同不言的桃李，靠自己的品质和实践自然形成的。人为地“立”，持久不了，那就如扶不起来的阿斗，权势之“压”，只能使人口服心不服，貌合却神离，一旦丢权失势，必然门前冷落车马稀；“吹牛”“标榜自己”更无能，人人心中都有数，吹得再牛，有多大本事还是多大本事。只有靠一个人的卓越素质，超人的智能和崇高的思想品质、阔大的胸怀和令人敬佩的风度等，才能为众人所公认，所信服。

形象凝聚人心
——曹操爱笑，刘备爱哭

《三国演义》中的曹操与刘备，在军事上互相攻城略地，厮杀在战场上，在金戈铁马的战鼓声外，也展开了一场形象大战。

在《三国演义》中，曹操有一个特点，凡是在危难之际，特别是兵败之时，总是放声大笑，曹操的笑用现代广告术语来说，就是以形象广告向公众宣告败而不馁的顽强品格和良好的心理修养，以振奋士气。曹操在濮阳与吕布交战之中，手臂须发尽被烧，连命都差一点丧在吕布手中。突围之后，曹操不但不恼怒，反而仰面大笑："误中匹夫之计，吾必当报之！"曹操赤壁大败，被周瑜、诸葛亮火烧了战船，损失了几十万兵马，逃跑路上又屡屡受到截杀，但每到一处仍仰面大笑，本来自己被人家杀得大败，却对周瑜、诸葛亮的布兵品头论足，笑人家缺少计谋。曹操的笑不正确立了他的不畏困难、藐视敌人的形象吗？

刘备也是一位形象策划的高手，尽管他在军事力量上不如曹操，但是在二人的形象大战中却毫不逊色。

刘备特别爱哭、常哭，且又会哭。刘备的哭宣传了自己的形象。三顾茅庐时，为请孔明出山，刘备根本不讲皇叔的尊严体面，又跪又哭。刘备其意甚诚的形象令诸葛亮极为感动，诸葛亮说：“吾受刘皇叔三顾之恩，不容不出。”刘备三顾茅庐的“哭”，是为诸葛亮，也是向天下人宣传、传播、展现自己的形象。

刘备即将逃离樊城时，曾对百姓说：“今曹兵将至，孤城不可久守，百姓愿随者便同过江。”百姓齐声大呼：“我等虽死，亦愿随使君！”于是，百姓扶老携幼，将男带女，滚滚渡河，两岸哭声不绝。刘备在船上望见，十分悲痛曰：“为吾一人而使百姓遭此大难，吾何生哉！”说毕就要投江而死，左右急忙救止，闻刘备此举者莫不痛哭。

又如，赵云从长坂坡拼死救出阿斗，刘备不是惊喜有加，而是把阿斗摔在地上，哭着说：“为汝这孺子，几损我一员大将。”赵云见状能不受感动吗？

曹操与刘备的形象大战，其主要目的在于在公众场合上树立自己的威望，增强感召力和凝聚力，以得人心、振士气，吸引人才。群雄割据，人家凭什么要去跟随你？还不是看你的形象，形象好才能使人对你产生好的印象。

一个人靠形象交友、处世、自立，一个企业靠形象赢得公众好感，使得有口皆碑。得人心者得天下，好的形象才能得人心。

市场的竞争如群雄逐鹿，企业之间似八仙过海——各显神通。一时，广告大战铺天盖地，有声有色，价格大战一浪高过一浪，你降五毛我降一元，有奖销售大战花样繁多。这些竞争大多是有形的，广告、价格、产品、市场、资金、规模都是有形的，比较容易量化、从竞争的层次上分析，上述的这些有形竞争没有摆脱俗浅与近利。21世纪的企业竞争更侧重于无形竞争——形象竞争。

当今，更多的企业更重视塑造形象，把企业形象作为企业之间进行竞争的一种利器。因为，形象在今天的企业角逐和激烈的商战中举足轻重。所以，今天的商战已转为一场精彩纷呈的形象竞争，并将长期地持续下去。只有形象大战，才是商战的本质。

企业在竞争中取胜，仅仅靠质量和价格是远远不够的。当今产品信息流令人目不暇接，消费者往往只认同少数熟悉的、形象良好、印象深刻、值得信赖的企业产品。企业形象既是企业财富之本，又是市场竞争的利器。

每个人都有自己的形象。一个人有良好的形象可以在各种关系中左右逢源，在顺利时有人响应，在困难时有人相助，一旦有了失误也能得到人们的谅解。良好的形象像一块磁铁，能够对周围人产生吸引力和亲和力。我们要搞好人际关系，与其吃吃喝喝、吹吹拍拍，与其虚张声势、哗众取宠，倒不如踏踏实实地塑造好个人形象，此乃公关之宝。

国家有国家的形象，民族有民族的形象，企业有企业的形象，个人有个人的形象。一个企业靠形象赢得公众的好感，一个人靠形象交友、处事、自立。人，无论有多么深的内涵，有多么独特的特征，都可以通过言、行、举、止、形、姿被他人感受和识别。

语言体现人的形象。从文明礼貌、道德风尚的角度来看：谈吐文雅、彬彬有礼、和蔼可亲、通情达理、谦虚诚挚……就会给人以美的印象；说话粗野、冰冷生硬、污言秽语……就会给人以丑的印象。从学识见解、文化层次的角度来看：说话富于逻辑、入情入理、妙语连珠、旁征博引，给人以儒雅、深刻的印象；说话乏味、言之无物、错误百出、平淡无奇，给人以浅薄、庸俗的印象。从人品人格的角度来看：说话实事求是、态度诚恳，给人以忠厚可信的印象；说话张狂、夸夸其谈、目中无人、口若悬河、哗众取宠，给人以虚假不实的印象。

仪态风度体现人的形象。一个人在长期社会实践中形成的风采气度，是和人的思想、文化修养有密切关系的。仪态风度的美既是一种外在美的直接展现，又是内在美的自然流露，是内在美与外在美的和谐统一。

行为体现人的形象。心灵是行为的主宰，行为是心灵的表达。崇高的行为产生美好的形象，卑劣的行为产生丑陋的形象。懒惰、贪婪、蛮横、自私、嫉妒、背叛、狡诈、虚伪等，以行为丑制造了令人讨厌的形象。

美好的形象必然是“秀外慧中”。“秀外”指外部形象美，“慧中”指知识、智慧、修养、品德。一个人美好的形象应当是真、善、美的结合。如果只重表而不重里，形象就成了“绣花枕头草包肚”——金玉其外、败絮其中，反而被人耻笑。

没有伟大的品格，就没有伟大的人
——关云长单刀赴会

孙权为索荆州，绞尽脑汁，一计不成再生一计；刘备、诸葛亮却自有一定之规，总能找点理由搪塞一番，能拖一时是一时，久借不还。

鲁肃向孙权献计："今屯兵于陆口，使人请关云长赴会。若云长肯来，以善言说之；如其不从，伏下刀斧手杀之。如彼不肯来，随即进兵，与决胜负，夺取荆州便了。"此计正合孙权之意，于是命鲁肃速行此计。

鲁肃派使者请关羽过江赴宴，关羽应允。关平认为此宴必无好意，关羽告诉他，我早知他宴无好宴，邀我赴会，是索讨荆州。我若不去，便说我胆怯。我明天独驾小舟，单刀赴会，看鲁肃如何对待我。

次日，鲁肃令人于江面遥望，见江面上一只船来，艄公水手只数人，一面红旗，展开一个大"关"字来。关公青巾绿袍，坐在船上，旁边周仓捧大刀；八九个关西大汉，各挎腰刀一口。鲁肃惊疑，接入庭内。入席斟酒，举杯相劝，不敢仰视。何故？皆被关羽身上的一股气势所压倒。关羽单刀赴会，明知山有虎偏向虎山行，对东吴千军万马极为藐视，鲁肃哪见过这等威慑力。

酒至半酣，鲁肃开始言归正传，向关羽索要荆州，关羽早有准备，于是左推右搪，双方话不投机。关羽找机会夺下周仓所捧大刀，右手提刀，左手挽住鲁肃手，佯装酒醉曰："公今请吾赴宴，莫提荆州之事。吾今已醉，恐伤故旧之情。他日令人请公到荆州赴会，另作商议。"鲁肃吓得魂不附体，被关羽扯至江边。东吴事先埋伏的吕蒙、甘宁各引本部军士欲出，见关羽手提大刀，亲握鲁肃，恐怕鲁肃被伤，遂不敢动。东吴千军万马，眼睁睁地看着关公上船，乘风而去。关羽所面临的一场杀身大祸，竟被他的一身气势所化解，而这气势正源于他的人格力量。

关羽人格力量，对其定义为非智力素质与品德素质的总和。非智力素质包括：性格、气质、情感、兴趣、意志、注意力、自我意识等。品德素质包括：思想、信念、道德、人生观、世界观、价值观等。一个人的人格能否表现出来？在实际生活中，人格是通过一系列带有明显个性倾向性的具体行为表现出来。关云长单刀赴会，一身胆气，正是他人格力量的体现，正是这股人格力量，吓退了鲁肃和东吴的千军万马。

关羽为什么会有如此大的人格力量，从而引发出如此大的气势呢？

一为勇。关羽一生不畏难、不惧死。在他看来，世上没有什么事可以难倒他。万军之中斩华雄，诛文丑颜良，千里走单骑，过五关斩六将，古城斩蔡阳，无人可挡赤兔马、青龙刀，日本人曾尊称诸葛亮为智慧之神，尊称关羽为战斗之神。

勇敢的人自有人格力量。电影《英雄儿女》中的志愿军战士王成手持爆破筒冲向敌群，令侵略者胆战心惊。战国时赵国的蔺相如，手无缚鸡之力，于渑池会上，以死相拼，维护了赵国的形象，他以勇敢者的气势压倒了秦国君臣。

二为磊落。关羽一生光明磊落，马良劝阻关羽，谏曰：“将军不可轻往。”关羽答曰：“既已许诺，不可失信。”关羽重信尚义，坚持原则，讲话——说在明处，做事——光明磊落。关羽的举动表露了其强悍的人格，磊落的胸怀，可贵的尊严，显示了做人的气势。

三曰正气。关羽身上有一股凛然的正气。关羽千里走单骑之前，将曹操累次所赐金银等物一一封置库中，将汉寿亭侯印悬于堂上，只带自己的随从人员而去。曹操为关羽的一身正气而折服，对部下感慨地说：“云长封金挂印，财贿不以动其心，爵禄不以移其志，此等人吾深敬之。”关羽兵败走麦城，已无出路，东吴诸葛瑾劝降，关羽正色而言曰：“吾乃解良一武夫，蒙吾主以手足相待，安肯背义投敌国乎？城若破，有死而已。玉可碎而不可改其白，竹可焚而不可毁其节，身虽殒，名可垂于竹帛也。”一番话，说得诸葛瑾满面羞惭，孙权闻讯也赞曰：“真忠臣也！”

正气，是一种正派的品格和积极向上的精神状态。中华民族的多少仁人志士，正是凭借浩然正气，写下了可歌可泣的历史篇章。

四曰形象。关云长的形象让人肃然起敬。《三国演义》描述关羽的形象：“丹凤眼，卧蚕眉，面如重枣，青龙偃月刀，赤兔马。”加上他喜读书，知春秋大义，常常秉烛夜读。关羽的威严形象，令敌人恐惧，难怪鲁肃不敢仰视。

关羽的气势源于他的勇敢、磊落、正气和形象，这是关羽的人格力量。今天，我们讲做人的气势，其内涵与关羽所处时代相比要丰富得多。对于领导者来说，除了才能之外还需要廉洁，廉才能生威；除了权力之外还需要威望，以人格力量服众。对于普通百姓来说，做人要坚持原则，品德纯正，然后才能谈做人有没有气势。

不要以为权势也是做人的气势。权势因职位而成，职务无则权势散；气势因人格力量而成，伴随终生。权势，可以使人生畏、遵从，但不易打动人心。倘若一名教师，学问不大，却总摆出教师的架子，动不动便吹胡子瞪眼训斥人，学生嘴上不说，心里绝不买账。

什么样的人物才算得上是英雄呢？罗曼·罗兰认为，每一个英雄人物都有他特殊的品格。没有伟大的品格，就没有伟大的人，甚至也没有伟大的艺术家，伟大的行动者……生死又有什么相干？

榜样的影响力重于言教
——甘宁百骑劫魏营

曹操领兵四十万救合肥。孙权的谋臣张昭认为曹操军马远来，必须先挫其锐气。东吴大将甘宁向孙权请战："宁今夜只带一百人马去劫曹营；若折了一骑一人，也不算功。"孙权于是"调拨一百精锐骑兵给甘宁，又以酒五十瓶，羊肉五十斤，赏赐军士"。

甘宁回到寨中，教一百人皆列坐，乃对百人曰："今夜奉命劫寨，请诸公努力向前。"众人闻言，面面相觑。甘宁见众人面有难色，乃拔剑在手，怒叱曰："我为上将，且不惜命，汝等何得迟疑！"众人皆起拜曰："愿效死力。"甘宁将酒肉与百人共饮食尽，约至二更时候，取出鹅翎百根，插在头盔上为号，都披甲上马，飞奔曹操寨边，大喊一声，杀入寨中。甘宁百骑，左冲右突，在营内纵横驰骋，逢着便杀。曹兵也不知敌兵有多少，自相践踏。甘宁百骑杀入杀出，无人敢当，曹操恐有埋伏，不敢追袭，甘宁百人竟不折一人一骑。

兵不在多而在于精，精兵可以一当十。但是，这百员精兵战前也有怯意，若不是甘宁身先士卒，众人不会被激励起斗志，这就是榜样的力量。

《史记》中有这么一句话，“桃李不言自成蹊”，意思是说，桃树和李树，一点也不替自己宣传，但它们美丽的花朵、甜美的果实，自然而然地吸引人们前来，以至于树下被走出一条路来。作为一个领导者，不必过分自我张扬，只要行为端正，品质高尚，就会形成榜样，人们自会慕名而来，投靠、效力。任何一个人不必到处自我宣传，只要从善如流，有学识，人们就愿意接近他，爱戴他。

宋代王安石说：“古之人以名为羞，以实为慊，不务服人之貌，而思有以服人之心。”服人必先服其心，而要服众人之心，首先必须“身教重于言教”，处处以身作则。清朝扬州府兴化县河督魏源，在洪水暴发之时，为了保护即将收割的早稻，亲赴各坝，组织群众抗洪。大坝随时都有决口危险，他心急如焚，扑倒在堤上痛哭，宁愿老天爷要自己的命，也千万不要为难老百姓的几万亩早稻。全县数万乡民被其感动，全力抢险，经过几昼夜的奋战，终于闯过险关。魏源浑身泥水，双眼被风雨吹打得红肿如桃，见者无不感泣。其上司叹道：“精诚所至，金石为开，岂不信然。”

古人云：“上有好者，下必有甚焉者矣。”可见，领导者的行为影响之大。领导者在利益得失上，在荣誉褒奖上，甚至在日常生活行为上，必须对自己严格要求，否则，部属必步其后尘，影响极坏。一位领导者，他的行为就是无言的号召力。遭遇困难时，裹足不前；危险时，退让避后；紧要关头，松弛懈怠，甚至贪财好色，这样领导的部属必萎靡不振，胸无斗志。而如果像甘宁那样，在困难时刻和紧要关头，勇往直前，与士卒同甘共苦，其部属必起而仿效，精神振奋。尧帝为王时，“金银珠玉不饰，锦绣文绮不衣，奇怪珍异不视，玩好之器不宝”。生活力求俭朴，与民同甘共苦，以其恭俭而称誉民间，遂成一代明君。大禹治水，身体力行，几次经过家门口都不回家看看。禹的功劳和行动，得到老百姓的信任，于是老百姓推举他做了部落联盟的首领。

王安石又说："能自治然后可以治人；能治人然后人为之用。"领导者行得正，把自己放在众人之中，坦诚对人，当众人之友，而不是高高在上，必然会给人留下亲切的形象。这些为人处世之道，说起来容易，做到并非易事。《孙子兵法》曰："视卒如婴儿，故可与之赴深溪；视卒如爱子，故可与之俱死。"春秋时齐国名将司马穰苴便是一位"视卒如婴"的将军，他带兵抵御晋国和燕国军队的入侵，十分关心部下，深受将士拥戴，部队士气高昂，阵势雄壮。晋、燕均看到齐军将贤兵勇，同仇敌忾，未经交战就退去了。领导者如同带兵的将帅，只要爱护员工，关心员工，"视卒如婴"，就能得到员工的信任和爱戴。无言的关怀，榜样的作用，常常胜过有言的命令和训斥。

肺腑之言情意深
——孙权赞周泰

曹操与孙权在合肥大战，孙权被曹操军马团团围住。东吴老将周泰从军中杀出，到江边不见孙权，于是勒马重杀入阵中，寻见孙权。周泰说："主公可随我杀出。"于是周泰在前，孙权在后，奋力冲突。周泰到了江边，回头一看又不见孙权，复杀入围中，又寻见孙权。孙权说："弓弩齐发，不能得出，如何？"周泰说："主公在前，我在后，可以出围。"孙权乃纵马前行，周泰左右遮护，身被数枪乱箭穿透铠甲，将孙权救出。而后，周泰又复杀入重围之中，救出徐盛。

孙权感激周泰救护之功，设宴款待。他亲自把盏，用手抚摩周泰的背，泪流满面地对周泰说："卿两番相救，不惜性命，被枪数十，肤如刻画，孤亦何必不待卿以骨肉之恩、委卿以兵马之重乎！卿乃孤之功臣，孤当与卿共荣辱、同休戚也。"说罢，让周泰脱下衣服与众将看，只见皮肉肌肤，如同刀剜，盘根遍体。孙权手指着伤痕，一一问之，周泰回答战斗时被伤之状。每问一处伤，令饮一大杯酒，周泰喝得大醉。孙权又赐给周泰青罗伞，让周泰出入时张盖，以为显贵。

孙权对周泰的赞扬，没有陈词滥调，更无虚伪之辞。字字出于肺腑，表扬者与被表扬者没有上下级的界限，完全是一对患难兄弟，入理入情的赞扬，使周泰更受激励，使旁观者也心悦诚服。

松下幸之助认为："说一堆大道理，还不如讲一句肺腑之言。"

山不在高，有仙则名；水不在深，有龙则灵；言不在多，有情则诚。言辞要有物、有情、有理，要讲肺腑之言。肺腑之言可以使交谈的双方缩短心理距离，可以使听者感到理解、信任、体贴和关怀，可以激起"士为知己者死"的情感。而虚伪之言，空话套话则令人反感。"人非草木，孰能无情""喜怒哀乐，人之常情。"巧妙地运用情感因素，可以引起对方情感的共鸣。缺乏情感的共鸣，表达难以打动人心。

人们总以为铁面无私的官是好官，好官必有一副铁面孔。人们常有一种把"原则"和"感情"对立起来的认识，认为讲原则的就不讲感情，讲感情的没原则。包公是清官，包公不就有一副铁面孔吗？其实，历史上的清官一则铁面无私，公正不偏；二则爱民忧民，柔情如水。包公在陈州放粮时对贪官污吏"铁"，对百姓父老"柔"，西门豹、海瑞、林则徐等人也是如此，"无情未必真豪杰"。

在我们的一些人把"扣奖金""开除"当作制约和控制的唯一法宝之时，越来越多的国内外管理者实施"以人为本"的管理信念，以感情因素待人、处事。企业投感情之"桃"，必然收到员工们感情之"李"的回报。

孙权赞周泰，是一种感情投资。人非草木，孰能无情。人不是机器，而是有灵、有血、有情、有义的自然人。注意感情投资者，必会收到感情的回报，人们都懂"滴水之恩，当以涌泉相报"的道理。

美国思凯朗公司总裁利维，为了研制闭路电视，录用了青年比尔。比尔一上任便一头钻进实验室，整整干了一个星期。在工作最紧张的时候，比尔一连四十多个小时，没有离开过工作台。利维对此十分感动，此时任何赞扬都显得空洞。利维对比尔说：“你这样不分昼夜地工作，不等新产品问世，人就累垮了，我宁愿不做这种生意也不能赔上你这条命。”“我们相处的时间虽然不长，但是我知道你是竭尽全力了。你的心意我领了，就是研制不成功，我也不会怪你。”利维的这番话感人肺腑，令比尔大受感动。仅此一次谈话，两个人便结成至交，比尔不再是为了工资而工作，而是怀着酬报知己的心情全力为这一事业而奋斗。不到半年，闭路电视研制成功了。这就是人心换人心，你敬我一尺，我还你一丈。

肺腑之言是一种情。情，是一种“柔”。以人为中心的柔性管理、人性管理、人情管理，以情动人，以心换心，创造情感氛围，促进“人和”，这才是有效的管理。

分析透彻才有说服力

——孙权决计破曹操

曹操统雄兵百万，上将千员，虎视东吴。曹操给孙权发了一道檄文，劝孙权投降。孙权拿不定主意，聚文武官员于堂上议事。

张昭为首的一班文臣认为，曹操拥有百万之众，又借天子之名，以征四方，抗拒他无异于以卵击石。东吴可以抗拒曹操的，就是一道长江。今天曹操已得了荆州，长江之险作用就不大了，势不可敌。所以，张昭等人主张投降，以保江南六郡，使东吴百姓安宁。

黄盖一班武将主张坚决抗击曹操，他们说不出什么大道理，只是慷慨激昂地表示，江东三世基业，来之不易，岂能拱手相让。

孙权拿不定主意，左右为难。后来，是鲁肃、诸葛亮、周瑜的透彻分析，使孙权的一切疑虑全部打消，决心抗曹。先看鲁肃如何分析。

鲁肃，字子敬，乃孙权的重要谋臣，周瑜的得力助手。在《三国演义》中，鲁肃被描写为忠厚长者，小说中以鲁肃之“愚”，来衬托诸葛亮、周瑜之“智”。就像柯南道尔笔下的华生医生一样，纯粹是为了衬托福尔摩斯。

其实鲁肃乃大智若愚、德才兼备之人才，而且有深谋远见。在《三国演义》第四十三回“诸葛亮舌战群儒，鲁子敬力排众议”中，孙权与谋臣们商议是战是降。张昭和众谋臣一致主降，鲁肃并未表态。在孙权去厕所时，鲁肃也跟出来了。孙权知道鲁肃有话要说，拉住鲁肃的手问：“卿欲如何？”鲁肃说，刚才大家之言，深误主公。众人都可以降曹，唯您一人不可降曹。孙权忙问究竟。鲁肃说，如果我去降曹，曹操会封我还乡为官，占据一方州郡。您若降曹，曹操还会放您回乡吗？那时候，“位不过封侯，车不过一乘，骑不过一匹，从不过数人”，您还能在南面称王吗？众谋臣所言，都是各自为己打算，不要听他们的，您应早定大计。鲁肃进言的言语不多，但切中要害，以我鲁肃降曹与您孙权降曹对比，以降曹与不降曹后孙权地位之差对比，说到孙权的心坎里，促使孙权下决心联刘抗曹，拼他个鱼死网破。鲁肃之所以一语胜过张昭等人的千言，就因为其言语真诚，设身处地为孙权着想，打破了孙权不切实际的幻想。鲁肃之所以一语胜过黄盖等主战武将的慷慨之言，就因为黄盖等人说不到点子上。

鲁肃的进言采取了分析的方法，分析了主降派众谋臣若降曹后会怎么样，您孙权若降曹后又会怎么样，分析了主降派众谋臣的内心打算。孙权听了鲁肃的分析，有心抗曹，但又对能否打赢这场战争心中没有把握。鲁肃告诉孙权，诸葛先生已到江东，可以听听他的意见。且听诸葛亮如何分析。

诸葛亮向孙权陈述了敌我双方的情况，刘备虽然刚打了败仗，但关羽手下还有一万精兵，刘琦手下也有一万江夏战士，而曹操大军远来征战，早已疲惫不堪。最近曹操为了追刘备，他的轻骑兵一天行三百里，此所谓强弩之末，已没什么劲了。而且曹军都是北方人，不习水战，荆州刘表的降军，迫于曹操的势力而降，并不是真心。如果孙刘两家协力同心，曹军必破。

孙权听了诸葛亮的话后大喜，抗曹的决心更强了。然而张昭等文臣又来进言，并以袁绍来做比较。张昭说："曹操昔日兵微将寡，尚能一鼓攻克实力雄厚的袁绍，何况今日拥有百万之众南征，千万不可轻敌。"接着主降的顾雍，主战的鲁肃分别陈述自己的主张，武将要求战，文官要求降，议论纷纷，孙权并未做决断，还要听听周瑜的意见。

周瑜首先批判了张昭为首的主降言论："此迂儒之论也！江东自开国以来，今历三世，安忍一旦废弃？"然后又指出曹操犯了兵家之忌：北方还未平安，马腾、韩遂也在北方一直是曹操的后患，曹操却匆于南征，一忌也；北方军士不习水战，舍其强项马战，却操起弱项水战，二忌也；时值隆冬盛寒，马无草料，三忌也；北方军士远涉江湖，不服水土，多生病患，四忌也。曹兵犯此四忌，虽人多但必败。最后，周瑜说，我们为主公决一血战，万死不辞，只恐主公狐疑不定。

此时，孙权的一切疑虑全都打消，拔出佩剑砍下面前桌案一角说："诸官将有再言降曹者，与此案同！"

诸葛亮分析了曹操军队的弱点，分析了刘备还有一定的实力。周瑜在诸葛亮分析的基础上，从四个方面进一步分析了曹兵犯了四忌。诸葛亮还觉得分析得还欠最后一把火，于是教周瑜连夜继续向孙权分析曹兵的真正实力。

周瑜连夜复入见孙权。孙权问："公瑾夜至，必有事故。"周瑜曰："来日调拨军马，主公心有疑否？"孙权曰："但忧曹操兵多，恐寡不敌众。"周瑜分析道，曹操声称有百万大军，只不过是虚张声势，其实没那么多。他带的中原之兵，不过十五六万，而且久疲；所得袁绍降兵，也不过七八万人，而且身虽降心却不服。"久疲之卒，狐疑之众，其数虽多，不足畏也。瑜得五万兵，自足破之，愿主公勿以为虑。”周瑜最后这场分析，彻底坚定了孙权抗曹的决心，孙权表示自己也要亲自上阵，做好后应。

鲁肃、诸葛亮、周瑜三人的透彻分析，达到了说服的目的。

从科学方法论的角度定义，分析是把研究对象的整体分解为各个部分、各个方面、各个环节、各种因素来考察的一种逻辑思维方法。例如，决策时的系统分析，军事上的敌、我、友力量分析，物理上的受力分析，化学上的元素分析，等等。

从生活的角度定义，分析就是深层次的质疑、比较、鉴别、思考。人的思维是很容易满足的，碰到疑问，一般人都会思考，一旦解决了，就往往心满意足，再也不去做更深一步的思索；人的思维也是很容易跟着习惯走——大家都是这样，我也就这样。很少有人会这样想：大家所想所做对不对，还有没有别的路可走，我为什么不能与众不同。殊不知，这种缺乏分析的思维方法和习惯，对自己的成长、成功、成熟是很不利的。

比较是分析。鲁肃、诸葛亮、周瑜的分析都有比较。人生中有“扬长避短”之说，军事上有“知己知彼”之说。常言说得好：“不比不知道，一比吓一跳。”比较是分析事物之间的差异性和同一性。

鉴别是分析。世界上的人和事是复杂的。现象掩盖本质，打着科学的外衣行骗、谎言巧舌如簧、鱼目混珠、机遇藏在我们周围，以上种种，极为普遍。因为需要鉴别真与伪、科学与迷信、真实与谎言、美与丑、宝玉与顽石、善良与伪善。鲁肃通过分析，鉴别出主降派谋士居心不良，只为自己的私利。

判断是分析。判断的“判”乃批判、否定，周瑜就批判了张昭为首的主降言论。若要学会“判”，当然要训练分析能力，分析出差异，才好判断谁是谁非。

先判断而后行动才能成大业。

忠诚为本

——关云长挂印封金

关羽的称号一直有增无减，最初是汉献帝称的汉寿亭侯，后来在蜀汉时正式官职是襄阳太守，都督荆州事务。刘备先锋关羽为荡寇将军，后封赐为前将军，列五虎上将之首。后主刘禅追谥关羽为壮穆侯。

从南北朝开始，直到清朝末年，关羽的地位受历朝历代君王的崇封更是直线上升，“侯而王，王而帝，帝而圣，圣而天”，褒封不尽，庙祀无限。关羽名扬海内外，成为历史上最受崇拜的神圣偶像之一，以致与孔老夫子齐名，并称“文武二圣”。清初，关羽被清帝封谥为忠义神武关圣大帝，至嘉庆、道光时，关羽的谥号为“仁勇威显护国保民精诚绥靖羽赞宣德忠义神武关圣大帝”，多达24字。

关羽在民间百姓中为什么有这么大的影响力，皆因五个字：忠、义、信、勇、武。

《三国演义》第二十五回说，关羽在土山被曹操兵马团团围住。曹操派大将张辽去说降关羽，关羽提出三个条件：一为降汉不降曹；二为赡养刘备二位夫人；三为一旦得知刘皇叔去向，不管千里万里，便当辞去。曹操尽管极不愿意接受第三条，还是硬着头皮答应下来。后来，关公与曹操相见时，曹操再次表态：“吾言既出，安敢失信。”

曹操为留住关羽，待关羽甚厚，三日一小宴，五日一大宴，相送美女及绫锦、金银器皿，关羽毫不动心。后来，关羽得知刘备在袁绍处，毫不犹豫地寻找刘备去了。这才引出关羽的“义”与曹操的“信”。

先说关羽。关羽不忘与刘备、张飞的桃园三结义生死之盟，视名利如草芥。关羽辞行前，将每次所受金银一一封置库中，将汉寿亭侯大印悬于堂上，只带原跟从人员及随身行李，千里走单骑，护送二位嫂嫂，过五关，斩六将，全为“忠义”二字。

再说曹操。曹操在关羽身上下了那么大的功夫，仍没有感化关羽，尽管对关羽的离去十分不悦，曹操还是大度地放关羽而去。程昱因为认为关羽归袁绍，是与虎添翼，应当追而杀之，以绝后患。曹操曰：“吾昔已许之，岂可失信！彼各为其主，勿追也。”不但不追，曹操还特地赶去为关羽送行，并赠以锦袍。曹操所为，全为“诚信”二字。《三国演义》虽然尊刘抑曹，对曹操在放行关羽一事的信守诺言，还是持肯定态度的。曹操、孙权对关羽的忠诚都非常钦佩，曹操对部下感慨地说：“云长封金挂印，财贿不以动其心，爵禄不以移其志，此等人吾深敬之。”关羽兵败走麦城，已无出路，东吴诸葛瑾劝降，关羽正色而言：“城若破，有死而已。玉可碎而不可改其白，竹可焚而不可毁其节，身虽殒，名可垂于竹帛也。”一番话，说得诸葛瑾满面羞惭。孙权闻讯也赞曰：“真忠臣也！”

关羽是个能人，到任何地方都会受到重用。而曹操留不住关羽，关羽死心塌地地跟着穷哥哥刘备的事例，最能说明“能”与“忠”孰轻孰重。

我国一位学者曾问过某公司的一位高级职员，为什么不去一家挣钱多的公司。这位高级职员引用了关羽的故事，他说：“曹操对关羽要比刘备对关羽好得多，但是关羽并没有辞退刘备那里的工作去到曹操手下做事。”虽然曹操那里有几日一宴的礼遇，有“汉寿亭侯”之类的爵位，有金银、房子等待遇，但这些在关羽心中都不如对刘备的忠诚重要。忠诚作为无形的力量，可以击败以权、名、利、禄所构成的引诱和利用。在中国，不忠不义的行为历来为人们所不齿。

在中国传统民族文化中，忠是重要的伦理原则。忠，忠贞，忠诚，忠实，都是形容一个人品格高尚的词语。忠的本义是全心全意为他人，为他人竭心尽力，待他人诚实负责。这个“他人”的概念，可以是君王、国家、民族、人民、朋友、配偶，也可以是企业、职务、消费者。

忠君是封建社会中最高的君道。孔子强调“君使臣以礼，臣事君以忠”，要求臣下事君的时候，“以致其身”“无欺”。忠君的观念现在来看，已没有意义，但是，忠的内涵并不仅仅是忠君，还包括普通人人际交往的准则，因此，忠是相互的，例如忠于友谊，忠于爱情。在《论语》中，“忠”字出现过18次，但涉及“忠君”的不多，大多数是针对普通人而言的。孔子曾经讲过，普通人平日容貌要端正庄严，工作态度要严肃认真，与他人交往要忠心诚意。这三种品德，无论走到什么地方都不能废弃。

忠的另一个意义是对他人的态度。朱熹主张“人自为谋，必尽其心；到得为他人谋，便不仔细，致误他事，便是不忠。

若为人谋事一似为己，为尽心”。在朱熹看来，在为别人做事时，也像为自己做事一样，尽心尽力，也就是忠。

忠的又一个含义是敬业，忠实于自己的上作。春秋时，齐国的大夫崔杼杀死庄公，他怕后人责骂，不许史官记载这件在当时被认为是大逆不道的事。史官忠于职守，认为史书应记载真实，所以仍在史书上写“崔杼弑君”。崔杼大怒，杀了史官。在古代，史官一职是世袭的，这位史官的弟弟继任，仍然如实记载了这件事，崔杼又把他杀了。史官的另一个弟弟又接替了这一工作。明知山有虎，偏向虎山行，明知如实写史危及性命，还是把崔杼写成叛逆贼臣。崔杼没有办法，总不能一杀再杀，只得放过他。有一位南史氏和这位史官是同族，听到亲人被杀，立即拿上书写史实的竹简，奋不顾身，星夜赶往京城，准备冒死继承史官的事业。他到京城后知道这件史实已写好，才放心回家。史官和他的三位亲属忠于职守的精神和行为，令后人敬佩。

东汉马融对“忠”有透彻的研究，专门著作《忠经》一书。马融曰：“忠而能仁，则国德彰；忠而能智，则国政举；忠而能勇，则国难清。”“虽有其能，必由忠而成也”“虽有其能，以不忠而败之”。马融的这段话讲，用人、任人不能仅看其能，还要看其忠。当今职场上，有的能人“身在曹营心在汉”，吃自家的饭，干别家的事；有的能人只讲金钱待遇，频繁跳槽，谁给钱多就给谁干；有的能人吃里爬外，偷窃企业情报为己有，携机会去攀高枝；有的企业费尽心血培训“能”人，但“能”人一旦学成便“拜拜”而去，令企业“竹篮打水一场空”。当前，职场上人才流动是正常的，他要走你留不住，即便以严厉的经济措施留下了，他不好好干，你岂不是白费心机？所以，“能”不及

“忠”，而无能而忠者，可以训其能，增其能，无能变有能；有能而不忠者，能而不发，要能何用？

忠诚信义的人最有气场，因为这样的人大家信得过。“忠诚信义”在任何时代都是人生征途中的一张金字招牌，是人际关系中的一张通行证。

公正才有威望

——斩马谡与奖王平

公正、公平是每个人都希望和追求的。领导者对下属公正、公平，不偏不倚，不分亲疏，确实坚持“法律面前，人人平等”的原则，下属就会真心敬佩领导者，拥戴他，只有奖惩公正、严明，才能造成人人奋勉的局面。

赏与罚，历来是领导者用人的重要手段，曾有“二柄”之称。孙武把“法令孰行”“赏罚分明”作为判断胜负的两个重要条件。曹操说：“明君不赏无功之臣，不赏不战之士。”诸葛亮主张科教严明，赏罚必信。该赏的一定赏，该罚的一定罚。诸葛亮由于厉行法治，奖惩分明，致使蜀国上下人人奋勉，不但克服了因刘备街亭惨败所造成的极端困难局面，而且使蜀汉在武侯治蜀及以后一段时期，保持了相对稳定的局面。

马谡丢失了街亭，断送了诸葛亮一出祁山的前功，使蜀军处于完全被动的局面。诸葛亮兵败师还，不曾得到寸土。在这种情况下，诸葛亮不是对部下“不分青红皂白，各打五十大板”，不是一律宽容，或一律严惩，而是该奖则奖，该罚则罚，赏罚分明。

且看受奖者。赵云、邓芝伏兵于箕谷道中，闻诸葛亮传令回军，在魏军的前堵后追下，赵云所领之部竟不折一人一骑，辎重等器亦无遗失。诸葛亮亲引诸将出迎问道："各处兵将败损，惟子龙不折一人一骑，何也？"邓芝告曰："某引兵先行，子龙独自断后，斩将立功，敌人惊怕，因此军资什物，不曾遗弃。"诸葛亮赞赵云曰："真将军也！"取金五十斤，以赠赵云，又取绢一万匹，赏赵云部下兵将。赵云辞曰："三军无尺寸之功，某等俱各有罪，若反受赏，乃丞相赏罚不明也。"《三国演义》借赵云之口说诸葛亮赏罚不明，正反衬了诸葛亮赏罚分明。

再看王平。王平与马谡同守街亭，街亭失守，按理说王平也是败将，但是王平却未受罚。马谡、王平兵败回营后，诸葛亮先唤王平入帐，责备王平：我令你同马谡守街亭，你为什么对马谡不提出建议，不阻他的错误，致使失事呢？王平说：我曾再三相劝，建议屯兵于当道，筑起城垣，安营把守，但是马谡大怒不从。我因此"自引五千军离山十里下寨"，倘若魏兵攻山，我也可以接应。后来，魏兵攻山，把山四面围合，我引兵冲杀十余次，都不能入，并非我不劝谏，丞相不信，可问各部将校。

王平虽然也是败军之将，但在街亭战役中是有功的，尽职尽责，兵败之后仍杀入重围，救出魏延、高翔二将。马谡在山上扎营后，王平急忙画成布兵图本，星夜派人报告诸葛亮。诸葛亮看见图本后迅速采取了应急措施，减少了蜀军的损失。诸葛亮按军法斩马谡后，对王平则给予了封赏，破格提拔他为将军。

再看受罚者。街亭失守后，蜀军中受罚的有两人，一是马谡，二是诸葛亮自己。

守街亭的马谡，自以为熟读兵书，胜人一筹，既不遵循诸葛亮的部署，又不理睬副将王平的劝阻，弃城不守，舍水上山。魏将张郃先将蜀军包围在山上，切断水源。蜀军缺水，饥渴难熬，陷于混乱。张郃再督大军大举进攻。蜀军大败，马谡逃去，街亭失守。诸葛亮虽然平日极为器重马谡，马谡也曾为诸葛亮提过不少好的建议，二人之间关系也十分密切，但是诸葛亮不徇私情，挥泪斩了马谡。参军蒋琬从成都来，见到马谡已被推出辕门，大叫刀下留人，对诸葛亮说：天下未定，杀戮智能之士，岂不是可惜吗？诸葛亮流着眼泪说：孙武所以能够制胜于天下，就是由于他的军法严明。如今大事未定，刚开始和敌人交兵，就因人而使军法受到破坏，怎么能够讨伐敌人呢？尽管后人对诸葛亮该不该斩马谡有所争论，但对诸葛亮以法治军、奖惩分明的行为，却是众口皆碑的。

马谡自幼喜欢学习兵法，谈起军事理论，头头是道，滔滔不绝。刘备在世时觉得他不踏实，临终前曾对诸葛亮说马谡“言过其实，不可大用”，但并没有引起诸葛亮应有的警惕，仍很器重他，此次又将关系成败的重任交给他。诸葛亮身为统帅，用人失误，他自贬三等，并做了自我批评。诸葛亮对自己的惩罚体现了“法律面前，人人平等”的原则，执法者也不例外。

《三国志》的作者陈寿称赞诸葛亮：科教严明，赏罚必信，该赏的一定赏，该罚的一定罚；没有一件恶事不受到惩罚，没有一件善事不受到奖励。官吏不容忍有奸邪，人人都自求奋勉。社会上的风气是清白而严肃的。蜀汉官员张裔评论说：丞相处事公正严明，赏罚不分亲疏远近，无功者不能得赏，贵势者不能免罚，这是人人奋勉的重要原因。诸葛亮治蜀过程中，一直注意贯彻赏罚严明的原则，他的赏罚标准是：是否有利于蜀汉政权的巩固，是否有利于政策的贯彻执行，而不论关系亲疏、官职高低。

李严是一位高级官员，刘备临死时，他曾和诸葛亮一同受遗诏辅佐刘禅，地位仅次于诸葛亮。诸葛亮四出祁山时，他负责供应军需物资。当军粮将断时，李严不但不想办法，反而派人到前线假传刘禅旨意，要诸葛亮退兵。诸葛亮退兵之后，他又故作吃惊，责问诸葛亮说：军粮很充足，为什么要退兵呢？企图逃避罪责。诸葛亮经过查核，弄清了李严弄虚作假，欺上瞒下，上书刘禅将他削职为民，流放北川。

长水校尉廖立，自命不凡，认为自己是诸葛亮第二，应当掌管朝政。他看不起朝廷的文官武将，攻击诸葛亮从下层选拔官吏的政策，他又散布流言蜚语，挑拨群臣不和。诸葛亮得知情况后，上表刘禅将廖立罢官，流放到汶山。

诸葛亮虽然赏罚分明，但是赏不以虚施，罚不以滥刑。后来，诸葛亮死后，廖立得知哭泣叹惜说：我终究要老死在边远地区了。李严听到诸葛亮死的消息，也闷闷不乐，发病死去。被诸葛亮严惩的人，为什么能有如此反应呢？一是因为诸葛亮执法不枉，所以受罚者不能不服，他们对诸葛亮并不怨恨；二是他们知道诸葛亮是允许别人改正错误的，悔改得好，还是有希望被召回。诸葛亮一死，后人不能这样做，希望也就破灭了。

有功不奖行不行？曹操与袁绍相比，起初，袁绍的势力大大超过曹操，但曹操对立有大功的人，不惜厚金重赏，所以部下众将士气高昂。袁绍不懂“重赏之下，必有勇夫”的道理，他赏罚不明，又喜听谗言。致使有识之士心灰意冷，部队士气低落，最后众叛亲离，反而被势小的曹操灭掉。

无功受禄行不行？曹操说：“明君不赏无功之臣，不赏不战之士。”无功受禄是一种非分之恩。无功受禄者因滋长了非分之念，不思有功，其他人也会感到心理不平衡，进而产生团体内部之间的矛盾。古代有一位叫周宝的将军任镇海节度使后，招募亲兵千人，号称“后楼兵”，“后楼兵”无功受禄，薪饷倍于镇海军。镇海军士兵愤愤不平，“后楼兵”也骄横日甚，难以控制。一天夜里，镇海军由于积怨而兵变，“后楼兵”也趁火打劫，周宝只好仓皇出逃。无功受禄，后患无穷。

虽有奖罚但不及时行不行？及时奖罚才能使赏罚真正发挥推动部下前进的作用。假如因过去有功，现在有过失也不奖赏，那只能使人居功自傲，反而沉沦下去。假如因过去有过失现在立功也不奖赏，会使人感到干了也白干，干好了也没用，从而灰心丧气，甚至破罐破摔。

功臣有了过失不罚行不行？赏罚分明讲究一事一论，此功不抵彼过，彼过也不掩此功。徐向前元帅在指挥临汾战役中，炮兵团团长门国梁因为没有坚决听从指挥而使战斗失利，徐向前没有因为门国梁是自己的老部下，又曾立过功而庇护他，而是撤销其原职，降职使用。后来，门国梁工作做出了成绩，徐向前又建议让他到某旅担任参谋长。

奖罚分明给人们提供了一个公平竞争的环境，调动大多数人的积极性，激励人的斗志。解放战争期间，中国人民解放军严明的奖惩制度，既确保了秋毫不犯的军纪，又大大激发了战士们的革命英雄主义精神。哪个战士不想杀敌立功，将立功喜报寄回家里去呢！

奖罚要靠制度，不能靠“人治。“人治”具有相当大的主观性和随意性。常常是“一朝天子一朝臣，一个君主一道令”，奖惩的标准因人而异，会使被领导者无所适从。有的奖惩标准朝令夕改，这样的奖惩结果必然使人心口皆不服。孟子曾说过：“高楼之明，公输之巧，不以规矩，不能成方圆；师旷之聪，不以六律，不能正五音。”这段话说明，必须借助于制度，才能做到奖惩分明。

奖惩要靠制度，制度一经公布，就要不分亲疏高低。包公的三口大铡为什么威严无比，就是因为执法如一，只要是犯了罪的，驸马敢铡，太师的公子敢铡，自己的亲侄子也照铡不误。历史上流传的岳飞、杨延昭、戚继光辕门斩子的故事，给今人留下了法大于情的佳话。曹操20岁担任都尉，为了维护颁布的“禁令”的权威，挂五色棒于四门，凡违令者一律痛打。一位大官的叔叔夜间提刀乱跑，被曹操撞见，立刻掀翻在地，把这个后台极硬的人用五色棒重打了一顿。从此，曹操的权威树立起来了。

奖惩要靠制度，同时还要伴随思想教育工作。制度的作用并不是无限的，它也不是可以根治百病的“灵丹妙药”。既应当靠制度约束部属的行为，又要靠说服、教育、疏导，正确引导部属的行为。任何奖罚，都要让受奖罚者和广大员工受到教育，否则，受奖者可能不以为然，受罚者可能不思悔改，广大员工可能无动于衷。

奖惩还要伴之以情。奖，伴以赞赏、鼓励，使受奖者受到较大的激励。诸葛亮奖励赵云时总忘不了说几句赞扬的话。惩，伴以抚慰、同情，使受罚者口服心服。诸葛亮斩马谡，既对马谡的过失十分气愤，又不禁潸然泪下，充满了爱才不舍的感情。

我们有些领导者对手中奖惩大权的使用过于生硬，以硬邦邦的语言、硬邦邦的而孔、硬邦邦的手段作为管人的法宝，视责备人、训斥人为时髦。如此，不但使奖惩失去了应有的作用，而且也使自己的人际关系紧张。

无情未必真豪杰。执法要严，但仍要晓之以理，动之以情。

得道多助，失道寡助

——十八路诸侯讨董卓

董卓死于暴虐无道。汉末，大将军何进为除十常侍之乱，令西凉刺史董卓进京。朝中众大臣早知董卓暴虐无道，认为“董卓乃豺狼也。引入京城，必食人矣。”素知“董卓的为人面善心狠，一入禁庭，必生祸患。”何进一意孤行，不听众言。于是，朝廷大臣，纷纷弃官而去，去者大半。

董卓进京后，屯兵城外，每日带铁甲马车入城，横行街市，百姓惶惶不安，董卓出入宫廷，肆无忌惮。董卓的暴行引起朝廷重臣的强烈不满，没有人愿意与他为伍。后军校尉鲍信、荆州刺史丁原、司录校尉袁绍、典军校尉曹操、越骑校尉伍孚、司徒王允都与董卓为敌。

曹操刺董卓未成，逃回故乡，招集义兵，发诏檄文，约各镇诸侯会盟讨伐董卓。各路诸侯早对董卓恨之入骨，立即响应曹操的号召，很快凑起了十八路伐董卓。十八路诸侯伐董卓虽未成功，但董卓最后仍死于王允、吕布之手，董卓死后，暴尸于市。董卓肥胖，看尸的军师以火置其脐中为灯，膏流满地。百姓过者，莫不手掷其头，足践其尸。

种瓜得瓜，种豆得豆，一切祸福，自作自受，董卓无道，失道寡助，害人终害己，害人者终究不是赢家。

俗话说："得道多助，失道寡助。"你瞧《西游记》中唐僧四人千辛万苦去西天取经，此经乃修真之经，正善之门，永传东土，劝化众生，是山大的福缘，海深的善庆。正因为取经乃一善事，所以尽管山高水深，妖魔挡道，困难重重，在天上的众神众佛，地上的友邦国民，海里的龙王等的帮助下，终成正果。倘若没有多人齐力相助，唐僧四人绝对无法取得真经。而这么多人齐力相助，就是因为唐僧行的是取经行善，交流文化的有道之事。

综观中国历史，陈胜吴广、黄巢、李闯王、洪秀全得道，义旗一举，四方百姓聚之；岳家军抗金、杨家将抗辽、戚家军抗倭，四方百姓助之。夏桀、商纣、秦始皇、隋炀帝暴政，众叛亲离。现在企业看重"顾客忠诚度"，如果不做善事，人家凭什么要对你"忠诚"。

参考文献

[1]刘逸生.三国小札「M」.广州：广州出版社，2001.

[2]吴甘霖.方法总比问题多[M].北京：机械工业出版社，2005.

[3]周平.古今用人要诀[M].南京：河海大学出版社，1993.

[4]黄葵藿.中国人生哲学[M].广州：广州旅游出版社，2003.

[5]柳泽泉.名师教你读名著[M].上海：上海译文出版社，2002.

[6]雷池.性格决定一生成败[M].北京：中国商业出版社，2005.

[7]苏在卿.人鉴[M].郑州：河南人民出版社，1998.

[8]苏在卿.官鉴[M].郑州：河南人民出版社，1998.

[9]蔡德贵.修身之道[M].桂林：广西师范大学出版社，1997.

[10]李文库，李睿，李盾.谋勇情幻指点人生[M].北京：中国纺织出版社，2000.

[11]李文库，傅明伟.中外名著，助你作文[M].上海：文汇出版社，2005.

[12]李文库，高桂桢，赵枫岳.品三国学谋略[M].北京：中国纺织出版社，2009.

[13]李文库，高美玲.四大名著中的管理大智慧[M].武汉：华中科技大学出版社，2012.

[14]罗贯中.三国演义[M].北京：人民文学出版社，2006.

后记　再读《三国》

一个人很难算出自己一生中究竟看过多少本书，但是却能数出有哪本书对自己影响最大或哪本书看过的遍数最多。《三国演义》则是我看过遍数最多的书之一。

我最早接触《三国》是在小学三年级，那是上世纪50年代。那时候，遍及大街小巷的“小人书”摊是我们这些小学生最乐意去的地方。花上一二分钱，就可以美美地看上一两本书。两三个小朋友凑个五六分钱，然后一个人翻页，大家一起看，一口气可以看上五六本小人书，过瘾极了。男孩子最爱看武侠故事和历史书，《三国》和《水浒》中的诸位英雄形象开始占据幼年时的脑海。不过，幼时看《三国》，纯粹是看故事。

到了初中，就开始看原汁原味的《三国演义》了，初中生看《三国》，虽然看不太懂，但总还可以凑合顺下来。后来，人民美术出版社出版了60本一套的《三国演义》连环画，文字画面均够精品水平，故事完整连续，画得也精彩，记得有一页只画了赤兔马的四条腿和一把青龙刀的刀头，却把关羽纵马横刀、傲视群雄的英雄气概完全体现出来，对这套连环画中的精彩画面，我至今记忆犹新。

再后来，我又读过几遍《三国演义》，不但是读，而且是在琢磨，一次比一次有收益。中国有句老话，叫作“少不看《水浒》，老不看《三国》”。其实，这是封建社会统治者的一种愚民术。他们认为年轻人血气方刚，看了《水浒》会造反，年长者饱经世故，看了《三国》会更加老奸巨猾。其实，《三国演义》不仅展示了一幅波澜壮阔的历史画卷，而且是一部充满智慧和哲理的政治、军事、管理、人生的教科书。我认为，无论你是干什么工作的，无论你年龄长幼，《三国演义》都会使你受启示，长智慧。

我曾总结过《三国演义》中四十多位主要人物的死因，感到大受启发。孔明死于积劳成疾，那么人生就应当合理安排，管理者就应当重视管理幅度。关羽死于骄傲，人生就应当谨慎谦虚。刘备死于意气用事，人生就应当沉着冷静，提高情商，应当以理智为重，感情不可替代理智。张飞死于暴躁，那么人生就应当有一个平和的心态，锻炼忍性。周瑜、孙策死于心胸狭窄，人生应当坦荡胸怀，容人之长。王朗、曹真死于恼怒，人生应当不断训练自己的气量，不断战胜自己。还有，曹操死于多疑，袁术死于骄奢，董卓死于暴虐，袁绍死于当断不断，吕布死于无谋，马谡死于教条，弥衡死于狂妄，李严死于以己费公，杨松死于卖主求荣……《三国演义》算得上一部人生之道的大书，这么一总结，这本书真是愈看愈有味道了。

我读《三国》，特别喜欢钻牛角尖。例如，读到空城计一回时，我就琢磨上了，司马懿到底是不敢进西城，还是根本就不想进西城。联系到司马懿在朝中的处境——遭权臣妒恨，根基不稳，联系到司马懿的老谋深算，我悟出了司马懿的高明之处，在权势不稳之时，保住竞争对手就是保存自己的良方。后来，我在讲《管理心理学》时，在讲到竞争双方对立统一关系时引用了这一例子，课堂效果极佳，一下子激发了学生们的讨论热情。

日本人对《三国演义》推崇备至，视为珍品。初中生就开始学《三国》，初中语文第一课即“三顾茅庐”，最后一课为“五丈原”。教育学生尊重人才，鞠躬尽瘁，忠心耿耿。我想，我们作为《三国演义》的故乡，更应当“近水楼台先得月”。